写给
永恒的　恋人

曹又方 – 著

上海三联书店

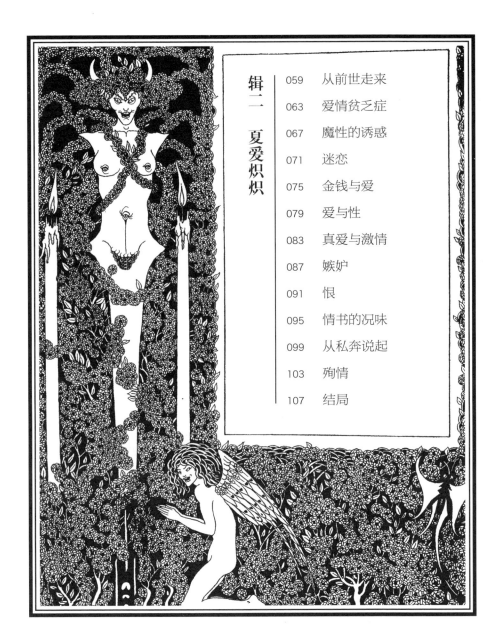

楔子：为爱而写

犹记得，那年冬天，在旅居十年的纽约，完成了《写给永恒的恋人》中五十篇描述爱情的手稿。由于写作时灌注了无比的温柔与虔诚，以至于写毕之后，仍未释怀，仿佛这书已成了我这个人的一部分。况且，如果要说这书的本身，便是一份爱情，就更为贴切了！

不知从什么时候开始，也许已经有数年了。常在案前伏笔，然而写下的尺牍，却未曾附邮寄给早先假定的对象。说来不无悲哀，无论是情人还是友人，似乎都无法再将昨日与今朝相连。

然而，在这个手机和电脑的时代，写信似乎显得有些落伍了，但是一个人尽管再懒得写信，却仍然会充满期盼地打开信箱，做一个快乐的收信人。

书信，仍然是充满了神秘的诱惑力的。

在那多情的岁月里，我专注又用心地写下了许许多多的信函。固然，写信可以不期待回信，但是毕竟精神上不无牵绊。于是，渐渐地，写下的书信，那受信人竟然是模糊而不具有实质性的对象了。

这时，虽然难免产生故人已渺的哀矜，但是，却也豁然开悟，何妨以泛指有情众生为对象，来写给一位永恒的恋人！他可以是各种面貌及无限化身，这样岂不是更能无忌地表达我心中积贮的感情？

我一直相信爱情高于生活，并且独立存在于人间一切规范之上。因此在爱的世界里，我们需要的不是一位哲人，而是一位诗人。

那么，雪莱的这首《爱的哲学》将会是最能激起恋人共鸣的心声了：

世上没有什么孤单
由于神圣的定理
万物一心邂逅交欢
为什么我不与你

看阳光拥抱着大地
月明亲吻着海波
这些亲热有何意义
要是你不肯吻我

然而，这流动在我们血液里的爱情渴望，在实现的时候，却往往令人心神为之憔悴了。因为在尘世里，一个主动无畏、忠贞互信而又善良体贴的爱人，比无价宝更为难求。你遇不见这个人，或者这个人并不存在于当世。

我一直相信，最高境界的爱不求回报，甚至连特定对象也不需要。真爱，亦无得失可言。因为那爱已超越尘俗男女之间小小的私爱，已不再仅仅是利己的爱。爱情本当是高于生活，也绝非红男绿女之间所流行的源于自爱的自私情感，乃至于更为等而下之的色情。

因此对于这连哲学也无法说得清楚的爱，自然提出的也不是标准答案。爱的世界没有导师，你只能做出自己的全人格全生命的诠释。

最后我要告诉你一件奇妙而可喜的事，便是在写下这些信件一段时间之后，却发现似乎想象和现实之间，并没有什么差别。

曾经有一位叫作威廉·古柏的诗人，在许多年之后，仍然写信给他童年时就去世的母亲。这样把爱当作一种没有实存对象的心灵物，反而可以在孤独中扩伸自我，并以崇高、自由及最优美的形式，将对象奉献给内在世界，直接突破了对象无限延伸的心灵力量。

《写给永恒的恋人》述说的正是亘古以来一些灵魂深处的渴望，并从事着某种精神的对话。我不过是把实现爱情的理想、概念、情绪，化为书简的形式写了出来。

只要有情有心，你就是这位收信的人！

辑一　春情暖暖

温柔与虔诚

　　春日，独自行走在纽约格林威治村的幽僻小街上，两旁全是褐色砖造楼房，伴随着石阶、铁栅，作为路树的樱木正粉盈盈地开花，流露一种略含凄婉的柔情。每当美好的时刻，都禁不住要与你分享。

　　给你执笔写下这些书简的时候，我的内心便充溢着温柔与虔诚。

　　每个人身上都颤动着爱的需求，无论是纯洁的或是受过伤的心灵，全都一样抱持着爱与被爱的愿望。

如果你正在恋爱，便会无可遏制地思恋，并以无比的决意将自己全心投入。如若不然，你也许会对过去的、以及未来的爱表现一样的忠诚。

难道过了恋爱的狂潮期，就只剩下幻灭的悲哀么？唔，不会的！一个真正有爱的人，即使投身于瞬息即逝的爱情事件，非但不致绝望，且能甘之如饴。

爱情的破灭之日，亦是它的升华之时。痛苦的先觉，未尝使人由于惧怕而对爱情怯步。因为爱情是对死亡的否定，是一阕充满美和善的生活凯歌。

恋爱就像音乐里的破格，这种高亢激烈的节奏，可以使生命的旋律显现异常的华美，但是体验者却常需承受这种破格所带来的悲怆哀愁。然而对于美丽的事物，又有何者不需具有殉美的决心呢？

可堪告慰的是爱情并非强迫性，并当去除一切被动的因素。它和艺术一样，可以互为主奴。在情爱中自身不做绝对的投降，又有何欢乐可言？

诗人里尔克说得太好了，他写道：

被爱化为灰烬，爱是永远不熄的灯
被爱，瞬间消失，爱则长久持续

了悟爱的隐秘奥谛便是作为一个"爱者"。也就是将"自爱"升华为神性的爱，那非但及于爱人，而且是及于朋友、邻人、父母、子女和万事万物的。唯其如此，才能够面对一切爱的宿命，并以无比的决心与信心置命运于度外。因为爱比被爱崇高、生命比命运伟大。

爱情使恋爱者处于人神之间。懂得爱情的人，才能观照世间的美，从而提升到上界、到美本身。从所爱的对方，我们体验到非凡而令人着迷的甘美境界。爱情，永远值得再重新开始一次。

在爱情的伟大感觉和伟大向往中，两个灵魂通过了不断超升的过程，终至于像罗丹塑成的"永恒的恋人"一样，以长吻抵抗时间的流变。

托尔斯泰那四卷皇皇巨著《战争与和平》，永远值得你去重温细读的。书中女主角娜塔莎和安德烈的真挚爱情，像冬夜的炉火一般温暖着我们的心田。

可爱的安德烈在身负重伤临终之前，仍然在思考着爱是什么的问题。他想："爱拦住死。爱是生命。我所懂得的一切，每一件事，因为我爱，我才懂。每一件事成立，每一件事存在，只因为我爱，每一件事只有靠了爱才联合起来。"他并且在这之前对娜塔莎说道："没有人像您一样给我那种温柔和宁静的感觉……那种光明。我欢喜得要哭了。"

这般的温柔与虔诚，也就是我在这许许多多的信笺中，一直向你喃喃诉说的。爱永不停止，信亦无了时，只要这份温柔与虔诚亦自你的心中滋生出来。

为你塑像

首先，我要如何来称呼你呢？

我一直有种感觉。男子以"兰"或"玉"命名是十分典雅的，并且直述着芳馥美好的品质。这样的名字，也让人立即联想到屈原在他那些不朽的篇章《离骚》《九歌》《九章》里，屡屡以香草做君子喻。自然啦，宋玉是另外一个典型的例子。而说到贾宝玉，话会太多，不妨打住吧！

这样述说的时候，不由记起少年时代曾经结识的一位知心的朋友。他兰玉般的品格，在经过长久的时间汰滤之后，益发地彰显浮凸出来。我们的缘会肇生得竟然过早了，以至于使彼此失之交臂。人生许多事情都在时机，感情的事尤然。

之所以提出兰玉为名，并非纪念过去的这位好友带有"兰"字的名号。法国人常说"快乐的日子没有历史"，诚然真理。我的未尝获得幸福，也许助长了我回忆的习惯。同时，作为一个写作的人，也是免不得经常会回到往日汲取营养。但是，"不幸"虽然提供给我这样较之幸福的人，更多思考爱情的机会，却并不表示自己可以向他人提供诤言。世上没有爱情专家，爱情完全是个人的体悟和实践。何况，在爱情的世界里，资格是毫无价值的事。

也许是由于人类凡事喜欢命名的习俗吧！似乎这样一来便将事物取得规范与定位。尽管爱情并不服从种种为它设下的规则，人们依然照订不误。稍具意义的是，我的无意之间想要为你命名的举措，就好像人们在选择爱人的时候，泄露出他内心最大的秘密一样，我亦明晰地泄露出作为一个交流心曲的对象，对于你如兰似玉的品质的要求。

或许，有人会说"兰"和"玉"未免太过于女性化了，我的解释是不论男女全都具有属于异性的一部分特性。没有一个男人是绝对的男性，亦没有一个女人是绝对的女性。当我读到一篇心理学家有趣的研究报告之后，不禁莞尔。他们说：含有异性气质的人较为能够成为好情人。

一般人对于男女两性的特质的确具有强烈的概念性划分。例如男性被标榜为具有活动性、冒险性、暴力性，女性则富于亲和性、接纳性、利他性种种。

　　在这儿不妨引用一句为我深深喜爱的女作家弗吉尼亚·伍尔芙的话："我们每个人的内在都由两种力量统治着，男性的力量与女性的力量。"

　　这无疑是因为具有两性特质的头脑较为完整，容易沟通与发生共鸣，敏感并富于创造性。无怪乎福楼拜也会说"我是两性的"，而柯勒律治则肯定"伟大的头脑是半阴半阳的"。

　　就像雕塑家为塑像开始了决定性的第一刀，我的命名亦然如此。你将会在我的渐次倾诉和坦陈自己的同时，逐渐丰融饱满起一个永恒的恋人的形象。亦许，我这个塑造者，在作品完成的那一日，也会像希腊神话中的雕刻家皮格马利翁一样爱上自己的创造。只是肯定的是，我不会向爱之女神去为你求取肉身的生命，因为你已然是永恒的了。

初恋

当你面对自己目前深深所爱的人，即使于彼此无限亲密坦露自己私密的时刻里，也许你也说及了初恋。然而，那铭刻心头的特异的感觉，却仍然是仅仅属于你自己的无法言传的记忆。

曾经有一位诗人写道："如果要我再恋爱，得给我恋爱的年龄。"

恋爱并没有为年龄设限，只是不同年龄的爱的表现和滋味各

不是盲目

　　"爱情是盲目的"以及"因误解而结合，因了解而分离"是最常听见的两句谈论爱情的老套。尽管其中说明了某些现象，毕竟仍然是令人反感的讹语。

　　这种看法的由来，与曾经写下《爱情论》的司汤达脱离不掉关系。司氏将爱情视为一种"结晶作用"。换句话说，我们仅仅是在爱人身上创造出想象中的美质，对方并非原来那个真实的人。

单身或结婚

人家的院落里樱花尚未开阑,窗前的枯树也涌出一团团韭黄颜色的绿叶,不能否认已然春深了。

生命无可遏止地在流动、在爆发,却和我们的心境和际遇无法相谋。虽然不是伤春,心灵却变得格外易感和柔弱了。

我不晓得,如果有一天,被理想化了的作为收信人的你,突然出现在我的眼前,并且向我求婚,我会仍然坚持目前的独身生活吗?

曾经有睿智的人说过,无论是单身抑或结婚都会后悔。我想,最为聪明的做法是你身在何种情况,便享受该有的好处。

罗曼·罗兰说,结了婚的男人是半个男人;印度人却说,一个男人没结婚之前只是半个男人。对于享有更大自由的现代人,端在自己如何体现自己的抉择。

现代的人谈到婚姻总有相当深厚的潜在忧惧。而且,产生逃脱意念的已不仅仅止于男性,女性亦然。爱情不像友情,入口自由,出口却不自由了。

波德莱尔曾经嘲弄地说:"由于不能废除爱情,教会曾经想为它消毒,于是创造了婚姻。"许多人只要一想到一生一世都要与同一个人在一起,彼此具有权利义务,便感到被枷锁套住,丧失了宝贵的自由。

然而婚姻生活虽然难免单调乏味,而且不免与另一半发生冲突,产生困难痛苦,但是它却是将爱情持久的方法,并提供两性达成美满关系的好机会。

这份约束并不妨害爱情,反而增强爱情,否则轻易便离散了。婚姻制度经过了数千年来的宗教、政治、经济、社会的变革并未消失,且不会消失,必然具有深刻的价值和意义。

玩世不恭的诗人波德莱尔又说,爱情是"出卖自己",但是当他说艺术同样是"出卖自己"的时候,我们遂了解到他在嘲讽之外的深刻认真。婚姻便亦是一种投入,并且以一种宗教的精神。

在缔结鸳盟之前，心理上的妥协远比婚姻的仪式更为重要。假如这种妥协和态度不存在，即使取得法律承认也并非真正的结合。

取得婚姻妥协之后的两个人，今后致力的方向，将是使自己选定的人快乐，而不再是寻找使自己快乐的人。有些人尚未结婚，便已存有万一不好马上离婚的打算，既然缺乏诚信，自然难免失败。

独身者之中，有许多是因为尚未觅得满意的对象。他们当然认为永远向一个人重复地说我爱你，是荒诞、无聊、疯狂，并且令人疲倦的事。

再有一种畏惧婚姻的人，以及一种向往无限自由的人，由于他们的生活仍然需要与异性发生密切的关联，许多时候，他们所相信的不通过婚姻来实践的自由之爱，却并不如想象中的自由。与情人相处照样难免发生牵缠，其实质与婚姻的内容并无太大出入。

单身人口里面也存在着一种真正能够享受独身生活的人，他们健康而快乐，婚姻对于这些人实无必要。尤其是对于艺术家而言，希望对作品做全心全力的投入，自然不愿花心血与周遭人事相调合。

艺术家们，我常笑说尚未投入爱情即已先负心了。然而，他们对艺术却表现痴心。法国作家里面巴尔扎克、福楼拜、普鲁斯特、司汤达和萨特都是独来独往的独身者。

然而，无论结婚或者单身，都是在以一种自认较为圆满的方式度过一生，这是个人自由，并不具有道德和价值的裁断。

同性的爱

今天和你谈"共枕树"的故事，以及还会跟你再说一则"连枝梓"的故事。

周朝有知名美少年潘章，使得楚国的王仲先千里迢迢慕名前访。两人一见如故，白日共读，夜晚共枕。但是由于同性无法结合，乃决心殉情。

死后家人将其共葬罗浮山。坟上忽生一树，枝丫相拥，人们称之为"共枕树"。这个关于同性恋人的美的故事，恐怕会博得举世的断袖癖者的赞美。

在人类的文明里，古今中外都有同性恋的存在。

希腊时代同性恋盛行，并颇受尊崇。

高尚人士追求漂亮少男的热忱，往往超过于女性。柏拉图的著作里便有明载。而当时曾经为爱情写下永恒诗篇的女诗人萨福，据说也同时是一个女同性恋者。她拥有许多女弟子，并博得"第十缪斯"的雅号。公元前六世纪她的诞生地莱斯朋（Lesbos），已然成为女同性恋的同义词"lesbian"。

托马斯·曼的名作《威尼斯之死》亦被拍摄成同名的电影。主人翁阿森巴赫是个充满灵性的中年作家，在度假时迷恋上一个美如希腊雕刻天使一般的少年。作者强调同性爱比异性爱更为纯粹，且富于精神要素，这部作品是要消除艺术与生活的对立。

在文学家里面，知名的同性恋作家不乏其人。王尔德、纪德、田纳西·威廉斯和我们的白先勇等等。其中E.M.福斯特更在他平生第一篇作品《野餐》里面就表现出这种趋向。他并将有关同性恋的著作藏在保险箱中，著令死后发表。一个强有力的独立制片机构似乎对他的作品特别感兴趣，《印度之旅》《窗外有蓝天》之后，又拍摄了他的同性恋史《墨利斯的情人》。

至于同性恋的成因尚无一致的解释，生理、心理和遗传恐怕都有关系。

多年前纽约大学完成一项二十年追踪研究，发现家庭结构和教育方式对此大有影响。由精明干练的母亲、祖母、保姆抚养长大，而少与父亲认同，被认为是男同性恋成因的说法，与弗洛伊德如出一辙。

有回看到一段有趣的新闻，发现某种鸟类绝种的原因，居然是由于同性恋的结果。看来同性恋至少有着解决人口压力的作用，当然这是笑谈。不过，如果从自然现象去解释，古今社会对于同性恋的抑制刑罚，则可能反而是一种病态，而并非同性恋的本身。

当代文学大家索尔·贝娄曾经出人意表地表示，"艾滋病"是对同性恋者的"天谴"。或许疾病的确约束了过去圈内少部分性放纵者的行为。纽约的克利斯多佛街也大为萧条，同性恋的酒吧、性商店、书刊、卡片、皮革制品店种种同性恋的文化也显得没落了。

然而，同性恋毕竟是个人的事，一如异性的情侣是两厢情愿，他人自无反对的理由。

我们不能否认也有许多适应良好的健康快乐的同性恋者，而且他们也并不像我们所误解的一样充满了色情狂和虐待狂。在性的关系上，许多人都拥有持久和互相委身的情感。许多医生甚至都怀疑同性恋并非疾病，甚至并无治疗的必要。

法国人很少运用假道学的眼光看待事情。法国电影《一笼傻鸟》，后来亦改编成百老汇舞台剧，看来都亦谐亦庄。他们将同性恋者看成与我们全是一样的有笑有泪的凡人，这也是每一个开放的人应有的态度。

男子的美

　　有一回，在旅次中，一位初识的女友，突然以坦然的态度向众人提出一个问题：你们猜我此生见过的最为漂亮的男人是在什么地方？由于晓得答案十分乖离，便又补称：我保准给你们三次机会也猜不出。

　　这个问题的答案一点也不重要，重要的是现代的女性也以自然的态度欣赏男性的外貌了。过往的女性，似乎是一直在委屈自己，假说男性的外表一点也不重要。那么，如果外貌不重要的话，古往今来的男子对于美女的恋慕必然是错误的了。

无论如何，我们遇见一个人，第一印象便是外表。不经由面缘的初步审美，妄想直驱体认内心仅是一种奢想。

对于异性的美，标准自然是因人而异。比方说前面提到的这女友，她是在北非惊艳，令她着迷的是一个具有"巧克力牛奶"肤色的混血男孩。

至于我心目中的美男子，除却尚在体型上偏爱修长之外，已由年轻时的纯外表，演变为一种气质和品格上所散发的魅力。其实认真考究，连体型的要求也是为了助长气质和品格的形成。因为，不能否认的是体型是衣着的美感要素。试想，你那颀长的身材着上民初的长衫，必然显得清隽飘逸。还有那永远时兴的乳白色亚麻西服，在你身上也必然形成儒雅风流的样貌。

一个具有气质和品格的人，无谓男女，都会拥有一份独特而隽永的美感。

需要留神的是，许多时候，固然美貌或且亦是良好的心性的外在表现，然而美貌毕竟只是"皮肤之浅"。过于执着，反倒成为个人的肤浅了。如果一个人未能表里如一，在深交的时候，宁喜那内在丰美之人。

舞蹈家伊莎多拉·邓肯十分厌恶一位其貌不扬的钢琴家，跳舞时甚至拉起布幕将他隔绝在外，但是等她有缘结识这位音乐家的心性之时，却疯狂地爱上了他，为她早先所耿耿于怀的丑陋外表亦不存在了。

年轻时一向喜爱明艳,现却开始体会平凡的美来。眩目的美貌,往往令人感到不自在。美到惊世骇俗,于人于己都是一种负担。看见美貌的人,总有不忍逼视之感,于我心中兴起的居然仅仅是说不出来的哀矜。仿佛看见了隐藏在他们身后的爱捉弄人的命运之手。不幸的是,美貌和智慧并非正比增加,却尚要多出一份不受自己操宰的外力干扰。

在此,我尚有一个小小的不算秘密的秘密向你诉说。那是许多年以前的事了。

有一年冬天在微雨的阳明山的夜里,我在赴一个宴会的花园窄径上,遇见一个面容俊美清癯的着了黑色斗篷的男子。他具有一股异邪的神秘的魅力,以至于交目时那一个凝视,竟然令我至今未曾忘怀。

那时候,我尚年轻得足以被吸血鬼式的艳异所魔魅。如今,我是绝对不会建议穿上黑色丝绒的披风,即使那作为斗篷内里的罪恶的猩红未曾展现,我也会趋避。

要经历多少痛苦,才懂得选择我爱的人宁可神性,而非魔性的呢?关于这点,有一天,我将会说得更为明白。

美貌战争

　　尽管美的尺度人人不同，但是社会文化里的美的标准仍然形成了制约，有着相当的一致性。

　　历届的世界小姐所具有的共同特征，平均年龄二十一岁，身高一米七三，三围是三五－二四－三五等等，便是最佳证明。

　　但是美的标准，却不是在这儿谈论的主题，这儿要述说的是美的魔力。所以，即使人们对美女看法上具有差距，可是所形成的威力却是相同。

我们从小到大，时时被教导的观人术，是要注重一个人的品德、才智、个性、气质、健康，甚至领导力、幽默感、经济状况和社会地位种种特性，但是把这一切拿来面对相貌之时，往往不堪一击，天平独独重垂在美貌这一端。

世人皆知以貌取人愚昧危险，表里如一的事物固然所在多有，但是表里相违的事物亦存在不少。人的相貌又何独不然呢？然而，美色当前，几乎是一种令人无法抗拒的直接反应。色力无边，面对美貌的对象，人人都会发生羡慕之情，问题是具有这种条件的异性，为什么该独独钟情于你呢？

爱一个可爱的人，除却需要质问自己是否等同可爱之外，尚要意识到那只是本能、是色情，而非爱情。

《堂吉诃德》里有一段关于美貌的故事，十分鞭辟入里。

牧羊女马赛拉具有绝世的姿容，但是她却宁可与山林为伍，放弃恋爱。

一天，一个痴情人因为得不到她的爱而自杀了。于是众人皆怪罪于她的铁石心肠。马赛拉出现在丧礼上，并为自己辩解道：

"美貌并不是我自己选择的。一个生有美貌的人在受人之爱以后，就非得还以相同的爱么？如果我是为你的美貌而爱你，而自己却生得丑陋，你却一定得爱我，这话听来就有些奇怪了。即使假设双方同样的美貌，但也不能说彼此的志趣相同。何况美有时候只能取悦眼目，却并不能激发爱情。何况，美的东西是无限的，那么人的欲愿也势必是无限的了……"

通常比较实际的人都会在伴侣的选择上，寻找与自己魅力程度、相貌美丑相近者，但是仅仅为对方的容貌而迷魔者亦屡见不鲜。

毛姆小说《人性枷锁》中的主人翁，爱上的便是一个具有姿色而精神堕落的女侍。而契诃夫则强调表里如一，并说出"人的一切，无论是面容、无论是衣着、无论是心灵、无论是思想，都应当是美好的"一番话。然而在真实的生活里，另外一位俄国作家普希金，却娶了一名美丽浮华的女子为妻，导致后来因为感情纠纷而决斗丧生的悲剧。

人性如此，神性亦然。

希腊神话中的三女神，当初就是为了争夺"最美的女神"头衔，而纷纷贿赂裁判者。

可叹的是这位帕里斯王子对于智慧和权力皆不动心，唯独对爱神的礼物"娶得世界第一美女"为妻有兴趣，并且不惜抛弃旧欢。这便是出名的"特洛伊战争"，从精神的意义上来说，这场美貌战争，仍然一直没有结束。

但是，一个深刻的人，在爱情上不应该是一个相貌决定论者。即使在内在品质和容貌审美上无法统一，也不致完全忽略爱情在双方感情印合与个性相投上的重要作用。

肌肤之美能够达到的不过是肌肤之亲，如果不能互相献出美好与丰富的心灵的话。

从外在美到内在美

初识的时候，焦点全都无可避免地凝聚在对方的外貌上。

我们活在一个重视外表的社会，文化的各个层面无论是艺术、电影、广告、文学都在强调美貌。

外表在今天的重要性似乎更为提高了。因为人们匆匆遇合，鲜少有深刻认识的机会，无法体验并欣赏到对方内在的优美。

据说外貌与个人的自尊、适应和快乐与否都大有关联，尤以女性为然。女性想要以才智和成就等优点来弥补容貌的不足，较诸男性更为困难。丑陋的外表自然地会造成歧视，从小到大皆然。因此每个人皆希望改善自己的外观，这一点在今日并不困难，人们可以借助化妆、衣着，甚至美容手术来达到这个目的和延长青春。

尽管妇女解放运动以来，人们竭力避免以性别划分的论点，但是男性对于女性的容貌重视程度，远远超过女性之于男性。外表的魅力仍然是一切的重心所在。

有趣的是在动物世界，往往以雄性动物装饰较多，雄鸡、孔雀、狮子莫不如此。但是在人类社会，女性却以非天然的装扮来加强自己的魅力。这大概是由于过往依附男性生活，不得不以化妆来笼络有逃避经济责任趋向的男性的缘故。

我们的世代，外貌固然重要，但是在观念上也像在两性的关系上一样，出现了多元化的发展。

激进的妇解分子大可以用不化妆来显示男女平等，而男性化妆品大行其道，则更是一种中和反应。

化妆已成一种生活习惯和社交礼仪。把自己装饰得美好一些，可以说是由外而内的心理建设。

根据心理学家研究，美容院出来的女性，总是富于精力且有自信一些。而花费不赀的整形美容手术大受欢迎，研究结果亦证实其对成功生活大有裨益。

许多人皆高唱最美是自然。对于天赋好的人固然如此，天赋不佳的人自当加以人工改善。不过，当然，化妆的神髓在于接近天然。一张化妆过度或不当的假脸，则是化妆的反效果表现。

苏格拉底在他那个时候，曾经认为化妆是欺骗陌生人，而对于自己的丈夫则无法隐瞒。现在看来，只要不过分依赖化妆，家居亦做适度修饰，不是完全背反的"两面人"，即使作为彼此互相知悉真面目的夫妻亦无不妥。

何况，现代的女性早已不再只是为悦己者容，而是为己悦者容，甚至为己而容。不再像于隋宫中自绝的侯夫人，在《妆成》一诗中，所表现的"妆成多自惜，梦好却成悲"般的自怜。还有那可哀的李夫人，在汉武帝前去探病时，却以锦被蒙头，不敢相见。色衰则爱弛，原本是充满了以色相维系一份君王的爱的辛酸与无力感。

建筑在美色上的爱情，毕竟难由皮肤的表面进入心灵。而能够保持爱情的毕竟是心灵，而不是眼眸。

然而，无论如何，想要红颜永驻的努力终会落空。当青春逝去，化妆和美容都失去效力之时，我们追求的却是"优雅地老去"。

上帝毕竟是公平的，中年以后经由智慧修养所创造的一张脸，美不美好全都操在自己的手中。这个时候，相形之下，平凡相貌的人，却要比当年的俊男美女更容易获得适应平安了。

爱的礼物

粗茶淡饭以来，对于原本没有讲求的茶叶，更不在话下了。

在养成工作之前泡杯茶，一直喝到睡前变淡成水的习惯以后，通常一包日本的普通绿茶便可消磨半年。只不过放几片，有点茶香，看点水色，只缘都市里的水，不是山泉的甜水而含有怪味。

直到今晨才把你赠给我的一罐茶拿出取用。原想转赠给喝茶的人的，但是思及接受这份礼物的情景，总觉得那是某种负心。

尽管原本只是一份寻常的情意呢！不懂品茗，品尝的怕只在茶之外呢！

礼物就像青春一样，在爱情里，一是天然，一是人工的媚药。

送礼绝对是一门艺术。

送礼可以改变情侣之间的关系，既可以增强，也可以冲淡彼此的关系。礼物可以传达送者的讯息，尤其是一些可以激发想象力的礼物。比方说拒绝一份热情，常可以用不具有特殊意义的寻常物事回报。同样是书籍或唱片，意义却大有不同。

礼物太贵太贱、实用价值太强，或太具批评意味，都是需要斟酌考量的事。除非确知对方品位，否则衣饰、化妆品、香水容易出错。而对于一个正在努力减肥的恋人，自然不应以巧克力糖去破坏对方的计划。

问问你自己，希望你在受礼人的心中产生何种印象？作为示爱的礼物，特别需要发挥你独具慧心的想象力和创造力。

在没有意识的情况下，曾经读过非常多张恨水的小说。其中有一部盛行不衰的《金粉世家》，那可怜的女主角，在收受了男主角那一串价值高昂的明珠之后，无疑是将自己的命运也托付在对方手中了，演出了一出哀凄的悲剧。

过于贵重的礼物，难免具有收买的意味，送者与受者很难相安。当然像伊丽莎白·泰勒受之于李察·波顿的那四十克拉钻戒，则属例外。那是演出。想必连他们自己都分不清孰是台上、孰是台下了。

英国作家理查逊所写的《潘蜜拉》，女主人公已成为女子高洁的典范，是一个人穷志不穷的代名词。

潘蜜拉是一位贫穷的女仆，她的男主人一直施以小恩小惠，百般运用金钱和地位诱惑、胁迫于她。虽然她对主人亦具好感，但是她却以高超的道德信念抵制住一切攻势。最后她的品性终于感化了男主人，两人正式完婚。

但是这则故事训诲的意味不免太强，而且过于天真。倒是薄伽丘在《十日谈》里的一则更为动人。

兼具有贝和无贝之才的青年费德里奇，爱上了美丽的乔凡娜夫人，对她挥金如土，对方毫无所动，终至一贫如洗，只存下一只鹰。成为孤孀的乔凡娜带着幼子到庄园避暑，爱子思鹰成病。孀妇前去求鹰，却又不想夺人所爱。当她终于启口时，方知费德里奇为了招待于她，爱鹰已成盘中之馔。最后她终为所动，委身下嫁。

礼物之可贵，是在于那是一种深思熟虑的取悦、关怀、纪念和用心的表现和信证，胜过言语。

我总以为再也没有比运用一束鲜花更为受到恋人们欢欣和喜爱了。如果我们在意的只是一份情意，那么运用美丽的各款各色的花语来表达，是再美丽与适宜不过的了。

关于幸福

　　一天中午到纽约市立大学，去取一些请托唐德刚教授寻找的胡适书信资料，以为所编选的四卷书信集之需。在一道喝下午茶的时候，我们谈到了幸福。他信手拿起一张餐纸，写下了他的幸福蓝图之绘——"百字令"。

　　假如今日，我仍是一个青年伙计，学校读书求中等，学好基本科技，偶写情诗，也谈文艺，兴趣多来些。等到学业完成，梦茵、玛丽邻舍细求之，我既爱她她爱我，大家和和气气。生个胖娃，买栋小屋，两口笑嘻嘻。公民做好，人生第一真意。

我看了一遍，颔首称是。但是却指出在这个美好的意愿里，忽略了命运的力量。他也笑称这是致命的关键。

然而，追求幸福乃是人的本性。幸福的范畴虽然很广，但是与爱情却可以说是关系密切。人们往往借着通过爱情而达致幸福，爱情甚至被视为历史进步的动力。

幸福究竟是什么呢？倒有些像朦胧诗，即使我们任由每个人做自己的界定，恐怕一时甚至一生也说不清楚，这亦或许是追求不着、捕捉不住的原因了。

幸福乃是一种"自我实现"的境界。

亚里士多德是这么说的，他认为较之于欢乐的短暂，幸福则是长久的充实与满足，可经由一颗理性的心灵去完成实现。并说幸福乃是我们品德无瑕时所经历的感觉。当生活如意美好、里外谐和之时，即已掌握了幸福。

自我实现意味着人格的成熟。因为唯其如此，才能够肯定自我价值、接受自己、拥有自信和保持自尊，否则，便无法与异性发展和建立平衡健全的关系，产生幸福。

幸福乃是自我实现的副产品。没有人可以允诺和给予我们幸福，幸福是一种自我能力的表现和创造。

一个人把全身的重量靠在爱人的身上，无人可以担负，只能带来绝望与幻灭。个人自身的欠缺，过去的不幸，都不是别人可以填充和弥补的。

达致幸福的能力是主动地"我因爱人而被爱"，而不是被动地"我因被爱而爱人"。

幸福与不幸均取决于人们的理想及道德评价。在创造和实现物质和精神生活的历程中，所产生的一种道德满足感，谓之幸福。幸福代表着一种灵魂的安宁，不为任何恐惧痛苦所扰所苦。德性和情操都可以说是产生幸福的要素。

希腊神话里有一则十分美丽的、关于幸福的故事。天神宙斯被目为造福人间的幸福神，在一次微服出行中，只有一对住在茅屋里的老夫妇愿意予以留宿款待。后来天神容许他们许愿，他们对天神的请求是让他俩同年同月同日死。

数十年的幸福岁月又过去了，一日当他俩回忆往事的时候，发现彼此的头身开始长出树叶树皮，他们知道人寿已尽，互道珍重再见。老夫妇的姓名弗雷蒙（Philemon）和巴奇斯（Baucis），从此被后世转用为树叶（phyllome）和树皮（bark），其典故在此。

面对当今这个粗劣的、实利主义泛滥，并充满恶意嘲弄的苦难时代里，爱更成为一种最具活力的积极力量，将人们带往幸福之路。

辑二　夏爱炽炽

从前世走来

在盛夏的炽热里，胶着着无声的静寂，我的思念化成蒸腾的袅袅烟魂飞向你。那不是新欢，也不是旧爱，是永恒了的恋人。

今夏于佛蒙特州消暑的时候，友人别墅前，生有一株开满串串兰状白花的巨树，叶色润绿，形状大小如人心。微风偶尔行过，落花如雨疏疏飘坠，情境若诗。使不写诗的我，禁不住当下试拟两首，题为《旧爱》。

之一

昨日之爱犹若落花

自仲夏贮满柔唇的树梢

化成疏雨吻在地上

在素色之绿毯

谱成一支白色恋歌

依然坚持完好的兰姿

消逝了的幽香

已由今生遁入来世

之二

幽灵一般回旋起舞

记忆像季节一样重临

曾经把一生的泪积贮下来

只为你的名字而流

悄然以迷迭香摄魂的

旧爱，唤醒隔世的梦

只是当年的苦涩

已然酿成芳醇的情酒

　　重改两首诗作，情景再回。并从字典中查出友人告知的"Catalpa"树名，中文是"梓树"。深感树之为名与我的思触极为贴切，但是直到阅读了一则中国古老的爱情故事，并扯上关联之后，才相信此树与爱情大有宿世的因缘。

战国时代宋康王夺属下韩凭的美妻何氏，并将韩杀死。这与《圣经》上大卫王的故事如出一辙，只是后面的演绎大不相同。这则故事的结局是何氏坠楼殉情，衣带中并留有遗书表示"愿以尸还韩氏而合葬"。康王大怒，命两家相望不相及。墓成，一夜之后，忽有两株梓树分别由两墓生长，根交于下，并枝连于上。这倒是一则传统标榜节烈之余，少有的富有想象力的美丽爱情故事。

大卫王的爱情结局虽然与"连理梓"迥然不同，但是中国的《诗经》和《旧约》里的《雅歌》却同属讴歌爱情的美丽杰作，而且其中不无神似之处。我极为喜欢其中"爱情若火不能灭没"一节，那"求你将我放在心上如印记，带在臂上如戳记，因为爱情如死之坚强……"的句子早已为情人们背诵娴熟。

认真说来，个人的恋爱事件亦非单纯独立的事件，我们仍然从历史中过渡而来。仿佛从太初的心底涌生的两股爱泉，绵延着万千恋人的痛苦与狂欢。在古老的恋爱永远更新的生命里，恋人们积聚着亘古的一切哀荣、记忆，以及各时各地诗人的恋歌，凝结成一个爱情，互相奉献。

印度大诗人泰戈尔写得真好，他的诗题是"我曾在百种形象百回时间中爱过你"。我们的爱情的确有许多来自于祖先遗传的铭印（imprint）。

爱情贫乏症

　　寻找爱情的人，大概都具有一双野性的眼睛。一双充满渴望的搜索者的眼睛，是静静燃烧的液体火焰。在大都市的水泥丛林中，充满着这种眼睛，和它们那缺乏爱情的主人。

　　爱情是一件人生大事。西方人多半会赞同这句话，中国人也许会在爱情所导致的婚姻功能上局部同意。求偶期一过，不论结果如何，便算得到毕业证书了。其间，容或有人同意爱情是一生的大事，传统观念也让他耻于承认。

至于现代妇女，由于受过妇女解放运动的洗礼，反倒套上新的枷锁，表示另有天地，爱情不再那么重要。其实，明眼人一瞥，亦可看穿她眸中的欠缺和渴求。

中国是一个患有严重的爱情贫乏症的国家，好色而无情。这项事实，不难从过往的神话、说部和戏曲里获得证明。

罗素于《婚姻与道德》一书中，把爱情在人生中的地位说成是人生最重要的事物之一。并且述及因制度和习俗的不同，有的社会爱情情绪多，有的则少。同时，他还特别将中国举出来作为爱情稀少的范例。

现代的女人，在她所爱慕的男人面前，难免发生不平之鸣。比方我自己，就曾经不知不觉地把历代男子所累积负下的情，拿来与爱人清算。而你，则被我设想为愿意听我细诉的人。因为，你了解那绝非仅仅是女子的冤屈，而是男人女人共同的悲哀。

第一次在苏州弹词里听见杜十娘的故事，凄伤与激愤充溢着我的胸臆。在种种负心的情况之下，这一桩的恶俗可谓是莫此为甚了。

一片深情的杜十娘将自己从青楼里自赎出来，连未来的生活都一手铺排周全。怀着幸福憧憬，双双月下渡长江。不意所托付终身的良人，竟将她转手卖与隔舟听闻她唱曲的商贾。一怒之下，便带着她贵重的百宝箱同沉江底。死得虽然悲壮，却并不值，因为不曾有情可殉。恐怕那李公子哀悼那失去的珍宝，尚要多于她的性命呢!

至于白娘娘的故事,可谓是从小听到大的。法海和尚,可以作为爱情里面所遭逢的横逆和反对势力的象征。白娘娘为着确保爱情所做的奋力顽抗,已为女性为爱献身树立一个永恒的姿态。每听杜近芳所录制的京剧唱带,那"十世修来同船渡,百世修来共枕眠"的字句,包含着强烈的女性爱情的宿命,双眸无不为之泪湿。我已经学会同情许仙,因为约束他的传统,勒令他由"歧途"归于正道。

现代人的爱情桎梏获得较大的纾解,爱情哲学也比以往有健全的发展。虽然身为患有爱情贫乏症的中国人,那苦守寒窑十八年的王宝钏,尚要受到归来夫婿无理的试探,只怕接受这种安排的人,戏里戏外都不存在了。现在已将京剧《金玉奴》的剧本进行修改,那个负情负义到不惜置妻子于死地的莫稽,女主角如何再能与之团圆?这是悖于人性,甚且超乎神性的了。让女主角棒打薄情郎补偿一番,便让她重新认命,未免太过于天真和表面化了。

嗳,可怜的中国人,历代以还的读书人在爱情方面的境界的确不高。叹一口气,唯有希望现代的中国知识分子的知识和品格,能够让爱情与生活不再脱节,而能合一。

魔性的诱惑

　　一个人并不需要走完一生，甚至在觅得一个安定的归宿之后，才能意识到过往自己曾经走过多少崎岖而且惊险的道路。

　　当我们年轻的时候，只要错误未曾铸成无法弥补的遗憾，总还是禁受得起的。小时候唱着《翠堤春晓》里的这支为人们所喜爱的歌曲之时，尽管并非过去式，亦然相信青春必然是美好的，并充满向往。青春本身即是美，因此连错误也是美好的，或者至少令人同情，甚且是可以宽恕的，而最为主要的是一切尚可补救。

叛逆、勇敢都可以说是野性的青春的特质吧！谁不想飞？想脱离陈腐的前人轨道，打破诸般鄙俗和禁忌……于是往往步伐勇毅得过了头了。在情感上何独不然，那烈性强过他人的男孩女孩都会发生一个普通的心理——

　　好人好得多么可憎
　　坏人坏得多么可爱

于是，不顾一切地爱上一个浪子浪女。明知是坏，却还要以无比的坚执向前走去。这个时节，是令人无法否认邪恶对于人类的魅异引力了。尤其让人对于运用纯洁作为石蕊试纸的幼稚灵魂感到无力的哀叹。

奇异的是，似乎每一个人都有属于自己的道途。即使作为这些涉险者身边的亲人，我们也仅仅只能是一个捏把冷汗的梦游者的旁观者。我们不能也无法作用于当局的痴迷，只能用爱心去铺陈一张网，以防在空中表演绝技的飞人万一失手落下。除却让一个孟浪的年轻人学习自己的一课之外，别无他途。我们能够祈祷的，只是希望青春的本身使当事人禁受得起错误。

为着编务，我经常翻阅报纸上写给"艾比"和"安德兰丝"这对孪生姐妹的专栏信箱。在许多为现代人感情释疑的复信中，有不少青少年方面的问题，都充分显示出这批蹈火者父母的焦虑。而这一对美国生活中的睿智者所提出的劝告，也不过是张开臂膀等待学了一课的受伤者归来罢了！

乔治·桑曾经写给她那叛逆的女儿一封感人的信，其中有几句话特别发人深省：

"有心灵有见识的女子永远不会堕入邪行的诱惑。因为邪行根本没有吸引力、没有诱惑力，堕入的是那些没有心灵、没有识见的女子。"

前此曾经提到过"魔性"与"神性"这个两极的名词。执笔的此刻，突然深深感到看似遥远的两面性，有的时候仅仅是一线之隔，成魔成圣往往亦在一念之间。

法朗士曾经写过一本出名的小说《黛依丝》。作者借用了中古时期的苦修士的背景，比方说那位著名的圣史泰莱兹曾经在自造的六十英尺高的柱顶度过他一生的最后三十年。法朗士书中这位在沙漠中隐居苦修的主角神父，前去城市拯救生活放荡的女伶黛依丝的灵魂。结果是女方皈依超升，神父自身却欲火焚身而入魔了。

你真的觉得堕入魔性的诱惑是无法避免的么？是的，人们也许会为爱情迷路，但是有心灵有见识的人终会逃离邪恶。

迷恋

年轻的时候，我们总在很认真地犯错。感情上的事亦然。所谓感情上的错，指的是迷恋着我们不该爱上的对象而言。

最近在杂志上看到一篇文章，谈到美国各地出现了几千个妇女组织，是针对所谓"狂恋症"（love addiction）的女子而设。

患有狂恋症的人，是一些在感情上过分依赖异性的人。这种人十分冲动，而且深感孤独痛苦。由于极端仰赖异性，因此往往在感情上和性事上饥不择食。

一个有狂恋症的女子，经常会全力追求那些冷淡寡情的男人。而局外人一眼便能洞悉，她们所追求的事物，在这类对象身上根本没有希望实现。

她们爱上的对象可能是一个工作狂，每隔十天半月才约会她一次；也可能是一个朝秦暮楚的人，使她时刻处在被人遗弃的惶恐里；也可能是一个好色客，使她既感羞愧又怕染上性病。然而更为病态的却是，她们只要稍微受到男子一点垂青，就会执着迷恋，失去尊严亦在所不惜，尽管这样做并不能使她们得到真正的爱情。

认真说来，其实对于男女关系的痴迷，也一如对毒品和酒精上瘾。因此，在上述的妇女组织，其治疗办法，亦一如戒酒戒毒。首先患者必须承认自己的病态，才能进行改正。

最为主要的关键，在于并不是任何异性都可以带来我们所希求的爱。我们应当确定此人是否值得你去爱，而且回馈你的爱。

盲目而迅速地投入，并且封闭自己，进而违背自己，牺牲一切去维持关系，即使在失败后责备自己、气恼对方，亦是枉然无益的事。

许多年前看过两部以痴情女子为主题的电影。"痴"这个字，很明确地表示出"知"生了病。女子沉溺于病态的感情特别普遍，这是由于爱情世界至今对于女性而言，仍然比男性来得重要。尽管女子一生中的许多其他需求，已不再端赖于爱情来实现。

疯狂失智地爱上拜伦的"卡洛琳夫人"，不惜一切的结果，只为自己带来无尽的痛苦与羞辱，并且殃及丈夫的尊位和名誉。另外一个故事，发生在雨果的女儿阿黛儿身上。辗转流离在寻觅她那薄情恋人的道途之上，已然使她无异于一名街头乞妇，却仍然是碎心无果。

　　女性在爱情的步伐上一直表现得十分坚决，而且常常勇敢得过了头，但是痴情的男子在世界上亦所在多有。

　　也许是妇女运动波澜壮阔的影响，晚近的一些两性和爱情测验报告，几乎与过去许多看法背道而驰。

　　调查显示出男性比女性还容易对爱情痴迷，要求分手的也以女性为多，而且女性对爱情的看法，亦比男性实际。

　　但是，两性之间希望谋取的是和谐的爱，而非斗争。我们所需要的爱情，是能够给予我们认同感的有意义的关系。只有一个合适的伴侣才会互相给予成熟的爱。它消除了我们的孤绝，融解了我们的恐慌，使我们在这个不安全的世界感到安全。

　　它无需眼泪，也没有痛苦。

金钱与爱

　　在荒岛上的你，发现两条美人鱼，一条是人头鱼尾，一条是鱼头人尾，你选择上半身还是下半身？

　　你所爱的人，在死亡和与他人结婚之中，你认为较能接受何者？

　　你的爱人身罹重疾，或者残废了，你仍然能够不离不弃共始终么？

这一类关于爱情态度的问题罄竹难书，这些只需扪心自问，而毋须公开作答，你可以慢慢思忖。但是下面的三则问题，则请你即时诚实答复。

一个品质庸俗但经济富裕的爱人，和一个品质优异但清贫度日的爱人，两者之中你会爱上哪一个？

一个缺乏魅力但十分富有的爱人，和一个富有魅力而并不富有的爱人，两者之中你会选择哪一个？

一个年长迟钝但十分多金的爱人，和一个年少机智但目前贫穷的爱人，两者之中你会取舍哪一个？

在我们这个重商主义的年代里，人人都诟病金钱腐蚀着爱情。不容否认，经济条件乃是恋爱成功的一个主要因素。

经济结构的特性，已然十分深重地形成现代人的性格特征，被压力辗成商品，无论精神和物质都是一种交易和消费。生活受着市场交易情况来取决，一生变成追求欲望的循环。连爱情亦以交易的方式出现，最明显的，是婚姻之中的两个人，像在一起经营合作社。

爱情是热的，现实却是冷的。

誓以泪水将月色模糊的贯一，在热海海岸用脚怒踢阿宫，因为他误会女方因为金钱而背叛了他。这是尾崎红叶著名的小说《金色夜叉》中的一景。这一对互许婚姻的高中时代的恋人，终于被现实分开了。男孩子后来为着报复过去由金钱所受到的打击，而走上歧路，成为高利贷者。

受到阿芒父亲的哀告，终于答应与恋人断绝关系。小仲马的名著《茶花女》中，女主角亦被爱人斥为金钱的奴隶，并且怒将玩纸牌赢得的一捆钞票掷向她的身上。

在大师陀思妥耶夫斯基的小说《白痴》里，有一场十分耸动难忘的戏。富于个性的女主角娜司泰谢在她自己的客厅里，当着邀请来的众位客人的面，将十万卢布扔进熊熊燃烧着柴火的壁炉，并借以羞辱追求者之一的拜金者筛纳。

英国有一句谚语说："为财产结婚，无异于出卖自由。"而英国的披头士乐队亦早早地发出了当代人的肯定："爱情金钱买不来"——也许你也会唱，或者至少听过这支流行的曲子。

金钱并非一切的轴心。人们对于金钱的爱，造成的对于爱情的亵渎，其损失和痛苦终必还诸自身。物质生活的水准，并不能保证精神生活的丰饶。适度地考虑经济状况乃属正常，过分夸大则属不当。

何况，金钱对于爱情的力量并不如想象中的巨大，至少真爱并不受到金钱牵制。毕竟在所爱的人身上，气质、容貌、才智、健康、志趣、责任感、幽默感种种，才是我们更为关心的本质，而财富乃是身外之物。

爱与性

即使作为一个女性，在今天也不会再去强调爱与性无关，或者爱比性更为高尚，因为那是二而一的事。人人都向往灵肉一致的完整的爱。

爱和性的欲望可以互相引发，但是两者绝不相同。爱和性最大的分野在于性是无限的追求满足，而爱则具有排他性。

比方说男性对于异性通常具有不同程度的性的欲望，但是爱却只发生在少数的对象身上。

男性和女性之间恒常存在着一大矛盾。男人总在希冀与更多的女人做爱，而女人却多半喜欢与她所爱的男人做爱。

性的解放运动，毫无疑问为人们带来了对于性的健康自然的态度，一反维多利亚时代对于性的全面压抑。但是在扫除掉过往对于性的罪恶、恐惧和隐秘感之后，却发端为一种将性简化为机械式的寻找官能快乐的趋势。

现代人往往变得"有性无爱"了！十分有趣的是这与十二世纪末所推崇的"有爱无性"恰恰形成悖反。

在十二世纪后半叶，当时上层社会的恋爱风尚是高雅的骑士派，那也是历史上女性地位被提升到最高的一个时期。由于当时人们的婚姻结合，多半建筑在财产和领地的利害结合之上，并非基于爱情，因此双方所拥有的只是义务性的束缚。

没有爱情既然已然成为社会公认的情况，因此，亦便允许人们在情感上另辟蹊径。他们相信唯有爱情才是双方不具强制性的自由结合，才是真正的恋爱。

这种恋爱最为有趣的特性，是将性欲视为爱情的大敌，是一种灵肉分家的精神恋爱。

当时的那些贵妇，仅仅将芳心献给爱人，希冀与所爱者达成灵魂的结合，而对自己的丈夫则坚守肉体的贞操。

在今日看来，这实在是一项非常奇特的道德标准。无疑是将通奸的意义局限于肉体禁制，并予以严厉处分，却大为标榜精神上的通奸。一个丈夫对于妻子另有所爱和受到赞誉，非但不以为妒，反而引以为荣，的确是一种非常特异的恋爱形式。

依我看来，"有爱无性"和"有性无爱"固然同属肉体与心灵的分离，都是一种疯狂的偏激，不过中世纪人的这种情感仍然要比今日可贵得多。

这样说倒也不是赞扬当时那些骑士和吟游诗人视爱情为第二生命，而是因为这乃是一种刺入灵髓的最为高尚的情感。这是一种爱的讴歌、一种充满诗意的使人灵魂超升的净化的纯情。

当然，我们也同意，一个有夫贵妇加以理想化的精神恋爱，是反道德、反社会的批评。不过，最为中肯的批评，却在于这种局面只维持了一个短暂的时期，便由于本身的病态扭曲而自行消失。这说明人类在爱情的实践上一直偏颇多歧，在今日这性已变成速食面的时代里，重新温习祖先曾经向往过的纯爱情，也不无足资反思的吧？

纯情的向往，或者人人都会盘踞心底，这是历史翻不过去的一页感情。

认为没有爱的人生与死亡无异，等待也甘之如饴，为着所爱一本热情赤忱，这与卑俗的男欢女爱有天壤之别。虽然摆脱不了肉身的本能欲望，却能使欲望升华超越性的结合与满足，所获得的崇高的精神满足，毋宁说是把爱情当成神来崇奉着了。

现代人，不用回头，却至少也值得回顾一次的吧？

真爱与激情

一般人都喜欢相信激情是发乎本能的一种狂放的爱情，并且认为这种感情所表现的失智、疯狂、自毁、毁人是爱的最高极致表现。

哲学家笛卡尔，在晚年曾经用理性方法分析情感的起因、变化和意义。在他的名著《灵魂和热情》中，一共列举出六种热情的基本模式。这里面包括惊奇、爱、恨、欲望、欢喜、悲伤。我感到人类的爱和激情表现里，往往包含有这六种感情。

激情是一种非常猛烈且盲目的感情，完全不具理性的作用。因此，激情可以说是一种感情的病理状态，表示灵魂上的缺陷。事实上，激情非但不是爱情的高峰，反而是一种堕落。是爱情里面较为低劣的一种形式，因为心灵上较高的一些微妙作用全遭受忽视了。

通常一个人情爱的表现，与其个人是具有一致性的。浅薄的人，爱也绝对不会深沉。天性粗鲁迟钝，也无法期待在爱情上表现文雅敏感。这可以说是心灵最为完整的一种表现，因此它反映出个人心灵的本质。一个容易陷溺在激情里的人，对其他事物的态度亦会表现得激烈过分。

爱的一句不朽的格言是："从他们所结的果子，可以了解他们。"

非常不幸的是这种被人们误以为深刻爱情极致的激情，往往最后所导致的多半是痛苦、仇恨与消沉、幻灭。

激情是一种瞬间的狂野热情，缺乏渐进的认识所可能建立的稳固基础。所以一旦遇到强烈的生命撞击，一对发生激情的男女便无法认清彼此的品质与内涵，多半被一种幻觉假想和生理引力所操宰。他们沉湎在罗曼蒂克的情调里，夸大地自以为爱得死去活来，然而却不过是凌虚的空中楼阁，不能像健全的爱情一样观照全部的生活。

炽烈的燃烧定然熄灭，开始的刺激亦会越变越冷。当感情冷却后，由于从来未曾深刻了解对方，便亦不会产生期许和责任。当然亦缺乏温柔的情愫，和为对方幸福着想的绵长情意。这时候，剩下来的可能仅仅是失悔、悲怆和绝望。

此外，激情尚有一种特别的属性，便是当其遭受阻力之时，非但不能破坏，反而增强了。家长的阻挠和婚外之情的种种艰难处境，反而是激情的燃油。人们将遭到反对的爱情视为较有价值，值得去争取和完成。

俄裔美国作家纳博科夫在《黑暗中的笑声》中，便描写了一桩一见钟情式的荒唐激情。男主角欧比纳斯盲目地爱上一个对他别有所图的影院带位员，不惜为她牺牲名声地位、抛离妻子。即令他后来未曾目盲，他却早已为愚昧的激情而盲目，终于铸成万劫不复的悲剧。

一份正面的爱情是在清醒的状态下，而又能集中精神的爱。真爱是成熟、持久、理性及利他的，而狂恋和迷恋式的激情则是幼稚、善变、反智及自私的。衡量真爱与激情的最佳尺度，在于观察相爱的男女，他们的爱情有没有使双方"明天会更好"。

嫉妒

你是否是一个善妒的情人呢？

"嫉妒并不等于爱，只是爱的症候群之一。"

我曾经在笔记簿上记下这样一则手记，作为对于嫉妒的体悟。

在爱情里，嫉妒是十分寻常的一种感情，通常人们以它来作为爱情表征。因此，往往一个不肯表现妒意的人，反而会被对方责为不在乎和冷淡。

当年在纽约文化圈名重一时的才女桃乐丝·帕克曾经写过一篇题目叫作《两性》的短篇小说，对恋爱中男女的醋意描写得十分传神诙谐。

从表面上看来，嫉妒这种爱情的症候正像小说的结局一样，会使男女之间爱情更加浓炽。通过嫉妒，仿佛显现并证明了一己的深情，无怪乎情人间，有时候，甚至故意要弄一些这方面的花巧伎俩，以增加情爱的趣味了。

事实的真相却是一个嫉妒很深的人，根本不能爱人。他缺乏自信心，没有安全感，人格的成熟大有问题。

许多时候，嫉妒只是一种自私浅薄的占有欲的表现。嫉妒心可以说是与占有欲成正比。

有些嫉妒心和占有欲强烈的人，即使对自己不再爱的人，无论是过去的夫妻抑或爱人，却仍然企图控制霸占，不容许别人去爱。

这样的范例，也许从你周边的人中就不难找到。这种表现，无异于未解会爱的孩童之于自己所厌弃的玩具。这种人在爱的世界里，连幼儿园的资格都不具备，如何能为对方带来幸福？

尽管如此，感情世界的许多反应都是自然地形成并发生的，几乎难于控制并诉诸理性。

比方说，有一回看见自己所深爱的人，不曾推辞一位女士正在啜饮的酒杯中的酒，因而肇生出温柔的妒意。尽管我把它解释成情感上的洁癖，也不能不说是一种嫉妒，虽然十分轻微。

当一个人开始担心爱情得不到回报的时候，这种情绪便可以称为嫉妒。并且就其文明而细腻的表现而言，乃是一种纯洁的隐痛。因为我们对于所爱具有一种完成融合的愿望，却又难于实现，便为爱情蒙上了忧虑哀愁。

成熟的男女都会懂得不在对方颈项上系住一条锁链的道理，唯一能够维系爱的是爱的本身。因为爱是一种向心力的表现，主动趋向对方。它的约束，来自彼此之间强大的引力。爱情只存在于自由之中，唯其如此，才有长久的喜乐。

尼采说："仅对一个人的爱，乃是一种野蛮。"

我想，或可解释为强制性的占有。嫉妒是一种含有剧毒的消极性的感情，我们如何能够勒令对方爱一张非但不可爱反而丑陋的妒脸呢？嫉妒的夫妻和情人，只要了悟有一天我们所爱的人对异性全然失去了兴趣，那才是糟糕的开始哩！

此外，我们尚需当心在妒情高涨的时候，往往会使人远离事实真相，造成危险情况。

莎士比亚戏剧中的一出出名悲剧，便是描写因妒杀妻的《奥塞罗》。

我十分相信因妒杀人的人，在其他方面亦具有相似的暴力毁灭倾向。然而，尽管嫉妒恶名昭彰，但是通过它来检视自己，亦不失为正确评估个人的一种方式。

恨

一条栖于屋门口的蛇，进入茅屋把婴儿咬死了。做父亲的拿着斧头等在蛇洞外边，伺机复仇。但是动作慢了一些，一斧下去没砍着蛇头，却把尾巴斩去一截。茅屋主人怕蛇报复只好求和。

蛇说："我们之间别想再有和平！我一看见你，便想起我失去的尾巴；你一瞧着我，便想起你死去的儿子。"

这是伊索寓言里的一则故事。

恨和爱同样是一种本能，有人坠入爱河，也有人沦于恨海。恨的感情有时候十分凶猛，是一种需要满足的野蛮时代的残迹。那种具有残酷倾向或喜欢折磨自己的人，在爱情受到挫创、遭受失恋打击的时候，最容易由爱生恨。

沉陷在恨里的人，那熊熊的复仇怒火，往往将人性扭曲，而充满着魔鬼性。再也没有比《呼啸山庄》里的男主角希斯克利夫更为被憎恨和残酷情绪所充塞的了。在炽烈的痛苦、激愤、阴惨和疯狂里，将自己的一生也消磨了。

复仇的情绪，在基本上是一种想不开的心理。其实，对于复仇行为的执着根本毫无意义，因为伤害既已造成，复仇并不能减轻伤害。何况，复仇的行动尚要花费气血心力，徒然增长了痛苦的时间，还不若及早觅得自己心灵的平安。复仇的结果，常常受害者是自己，那一瞬间的报复快感，往往要以极高的代价甚至一生来换取。

恨和爱在各方面均表现得相似而相对，是一双彼此为仇的双生子。

基本上爱是一种心灵的结合，并带来和谐；而恨则是心灵的排斥，并导致冲突。爱总是为所爱者着想，而恨则对所恨者充满恶意。虽然爱和恨同样是以离心的方向，主动地朝向对象而发，由于一个是肯定、一个是否定的截然不同，使得爱会将对象置于美好的氛围，不管远近，总是珍惜、赞赏、宽容、奉献。而恨则恰恰相反，总是咒诅、羞辱、摧残和伤害。

爱是永远地赋予生命、创造，以及努力保存所爱者的行为，而恨则是不断地否定、推翻和竭力消灭所恨者的行为。一个是发扬，一个是毁灭。

在所有所有的爱情故事之中，最最令人感动和神往的是安徒生童话里的《小美人鱼》。她为爱情立下里程碑，并将宽恕提升到最高之峰。

在一个黑夜，小美人鱼救了一位落水王子，并爱上了他。为着成全人间的爱，她割下自己的舌头，将鱼尾变成人类的双足，以至于每一步履都像在刀尖上行走。

王子爱过她，却又遗弃了她。她的命运是在王子与另外一个女子结婚的那一天早晨，在海上化为泡沫。

姊姊为着救她，用她们美丽的长发向巫婆换取一把刀。如果小美人鱼将刀插入王子的心，让他的鲜血流在自己的脚上，她就会重新变为人鱼，回到海的世界。

然而，最终她却将刀子投入白浪，宁愿让自身化为泡沫。

尘世的爱，一如小美人鱼的步步维艰。她将口舌变为双足，可以说是在将行动的践履来代替语言的空爱的象征。既然爱过，虽然后来又失爱了，却便也无怨无悔。爱来则生，爱去则死。情愿将形躯归诸泡沫，来成全爱人的幸福，的确为古今的爱者，树立了永恒的风范。

爱毕竟是天堂，恨乃地狱。

一个超生了，一个却沉沦了。

情书的况味

亲爱的，不要埋怨，信将赶上明晨第一班邮差。

这儿没有暴风雪，也没有罢工。写信给你是我的乐趣，何况尚可想象你的快乐。这项旨意，在爱的诠释上就十分高尚且动人的了。

电话时代的二十世纪，似乎已将美好的书信年代，遗落到后面成为历史了。在仍然沿用着这项人类古老的传统沟通方式的人之中，情侣们恐怕不失为主力人士。尤其是在情人远离的时候，电话费用昂贵，不得不以鱼雁辅助传情。

虽然是被迫享受一番古典的韵致情怀，这通过文字的感情表达，毕竟要比言语深刻一些。

上一辈人的恋爱，仍然不乏每日一信传为美谈的人，今人已不做靠情书竞功之想。无暇加上怠惰，文字修养不佳，一笔字也难得有体，藏拙也罢！有人对海外的留学生做出一番调查，港台的青年在恋爱过程中，写情书的习惯远逊于内地青年。

一生之中，相信每个人均曾经历过等待和盼望情书来到的焦渴心情。一纸情笺，如获至宝，读之再三，不忍释手。有那痴情的人更把情书压在枕下，大清早又急忙寻出来重新印证一遍。可以肯定的是不肯写信的人，却并不表示他们不喜欢收信。开空信箱总会令人兴起一股莫名的怅惘，电话未必能够取代书信全部的功能。

从前人所遗留下来的情书，我们得以重温他们爱情世界里的诚挚纯美。许多大文学家都曾写下他们著名的情书，雪莱、济慈、萧伯纳、福楼拜、卡夫卡、谷崎润一郎和徐志摩，以及无数的名字。但是最为令人传诵的则是葡萄牙修女玛丽安娜的永恒深情，以及那已成为情书典范的哀绿绮思与阿伯拉之间的著名通信。

曾为俄国赢得第一座诺贝尔文学奖的蒲宁，我极为欣赏他早期的作品《密加之恋》。其中描写初恋的男孩的心理和氛围，是大大超过歌德的《少年维特的烦恼》，虽然书中的主角最后都是由于绝望而举枪自戕。

热切地盼望着情书的密加彻底地失望了！可写的、可哀告的，甚且伴称卧病全都罔然无效。为了不让自尊心再次受到无意义的愚弄，他不再写信，也不要求回信，同时克制自己不再去邮局。但是，他却忍不住以为能够好好表现漠不关心的态度，就是对方回心转意给他来信的时候。

失望地骑着马从乡村的小邮局归来，他却仍然禁不住为走在路途前面的小姑娘双脚动作与心上人相似而怦然心跳；而看见马车里的一位戴帽子的年轻女郎，亦差点喊出卡嘉的名字……然而，深爱世人的神，却并没有赋予这位深情的青年，在长期等不到情书的失望之中活下去的勇气。将冷硬而沉重的手枪，对住张开的口，用力扣下扳机，他终于主动地切断了悲哀的思绪和感情。

一个多么哀婉的故事啊！也说明了情书的魔力。嗳，我却不会是这样吝惜笔墨的无情之人。

夏日的黄昏好长好长，信便也可以写得好长好长。再次见到你的时候，长夏已过。我的头发便也是相思的记录和证人。那时，必然也是很长很长的了。

从私奔说起

当晚风吹过那彼亚来塔的时候

啊，妮娜，你可知道，有谁在此等候？

虽然你戴上面罩轻纱，我也能分辨

你知道我心中爱情如火燃烧

我披上船夫的伪装在此等候

我战栗地告诉你：小船已准备好了

啊，来吧！趁着乌云还遮掩明月

快来吧！让我们趁此月夜就飞奔他乡

　　这首《威尼斯船歌》描绘出私奔的紧张、焦灼、激动和欢愉，是出自十九世纪爱尔兰诗人托马斯·摩尔之手。诗人采用"我"对"你"倾诉内心热情的方式，来表达强烈执着的爱。他们私奔是为了让爱情得到归宿。诗中的情火点燃，温暖、照亮的不仅仅是妮娜的心，而是人间所有的情侣。

　　许多时候，世俗常与爱情的完成形成对立的局面。人们总是运用各种尺度、理由、习惯和传统来反对压制恋爱的发生。大量的爱苗被摧毁了！但是有毅力有决心的爱人往往却可以冲决网罗。

　　文学史上，最为脍炙人口的恐怕要数著名的白朗宁夫妇的恋爱了。他俩当年秘密成婚和出走的英勇行为，不仅为自己谋取了一生幸福，而且缔造了一段不朽的恋史。同时，我们不要忘记白朗宁夫人婚前曾由于坠马一直卧伤在床，虽然不良于行，然而却并未阻挠她情奔的决心。当然，最为可贵的是他俩以彼此之间的爱情滋养了伟大的诗作，而诗歌的本身亦滋荣了他们的爱情。

　　另外一桩被称为英国历史上最伟大的恋爱，便是发生在一九三〇年代的为了爱情放弃王位的爱德华八世和辛普森夫人之恋。这恐怕已成绝响。

　　宫廷史上另外一页辉煌恋史是拜占庭的朱斯蒂王和西桃拉皇后。娇小美丽的西桃拉是当时剧场里著名的女丑，生活浪漫，且离过婚，朱斯蒂在未登基前便爱上这位女伶。来自皇室的阻挠和禁止与平民通婚的习俗，均未曾击败过这一对不馁不懈的恋人。

难能可贵的是朱斯蒂全然不顾西桃拉的过往和名声，为了爱情甘与世人作对。朱斯蒂登上王位，西桃拉成为皇后。两人结缡二十四年，直到女方病故。

事实证明他的恋爱并非一时情迷，朱斯蒂王被目为东罗马帝国的征服者、组织者和立法者，而西桃拉亦是一位聪明和了不起的皇后。

有的人不肯为爱情牺牲，而且认为那是愚蠢的事，这当指的是一时迷乱而做出的盲目牺牲。这自然不能与爱的勇气混为一谈。爱情的成功也和其他的事物一样需要胆识和奋斗。而且其目的并不仅仅在于达到结合，尚在于实现的结果。

爱情出于选择，人生亦然。有人爱江山，有人爱美人，价值因人而异。现代人中，大有为了事业牺牲爱情的男女存在，他们有的人视爱情为消遣、为赌博，或仅是生活的插曲，把人生最美好的恋爱贬抑得如此之低，终归也是重大而无法弥补的损失。

殉情

多年前看过一部十分完好的港片《胭脂扣》，讲的是一个殉情的故事。看完之后，心情低沉极了。这一方面固然是为影片中经营得超凡的低迷气氛所感染，另一方面则是由于爱情的意识形态的问题。

十二少和如花相遇在青楼。在那样一个官能世界，双方所施展的不免是买卖式的爱情技巧。但是，难能可贵地，两人居然将色情提升到爱情。

无奈的是两人都是无法担待正常生活的低能的人。以男女主角的身世和处境而言，即使充满担当爱情的意愿，均不足以抗衡与爱情对立的诸般现实。

对于男主角来说，一个不能对自己人生尽责的人，充其量不过是一场病态的爱情魔魅；而对女主角来说，则难免有借助爱情改变命运之嫌。在达成永恒的占有一层意义上，女主角的意愿更为强烈，由于她具有较少的对于未来的选择性。

他们选择殉情之路，旨在逃避。

电影的结尾是作为冤魂的女主角，终于完成由阴间来到阳世寻索情人的使命。当年那个殉情未死的美少年，已然变成腌臜落魄的老人。终局那两句打油诗，所谓的小便"射过界"和"滴湿鞋"的官能象征，亦是猥秽到极点。将那曾经教人生死相许的情，抹煞净尽。

夏日在纽约，有缘与《胭脂扣》的编导邱刚健和关锦鹏一会。对于电影中双生双旦的安排，指出那代表现代人的一对情侣，相形之下剧力薄弱。似乎强调今日已不再具有殉情的强烈感情了。但是，爱情的实践终究是一桩个人化的事。演绎爱情的深刻与浅薄，亦端看个人心灵的深刻与浅薄。任何时代仍然都会出现殉情的男女。

梁山伯与祝英台的故事相信是中国最为美丽的爱情了。当年人们对于凌波所主演的这位情圣，如痴如狂，使得台北被讥为"疯人城"。其实亦不过是长期患有爱情贫乏症的国人，一种普遍的移情作用。

仔细推敲，梁祝在性别角色上令人质疑。一则乔扮男装的祝英台，才得以在中国旧社会里具有男女平等论交之局，并且获得选择爱情对象的机会。二则在情感的发展之中，至少女方是怀抱着性别的困扰，而男方即使木讷如呆头鹅，恐怕也不无同性恋的感应和心愫吧？然而，这些姑且不究，重要的是这的确是一段美丽的殉情故事。

提起殉情，令人难以忘怀的自然是那一对不朽的纯情恋人，那几乎是一双不含杂质的心灵纯粹美的体验。

"啊，罗蜜欧！你为什么是罗蜜欧？否认你的父亲，放弃你的姓氏，如果你不肯，那么你只要发誓做我的爱人。"

这段茱丽叶的独白是莎翁《罗蜜欧与茱丽叶》中最为著名的一幕。当她的声音传入隐在夜窗下的罗蜜欧的耳中，他便惊喜地现身了，双双定情。

可悲的是爱情与悲剧永远像两个囚犯一般捆锁在一起。总会有种种令人无可抗拒的力量将爱情摧毁。从另外一个角度来看，爱情不死，它像艺术一样征服死亡。尽管人们反对殉情，甚至爱神也并不需要这种活祭，但至少殉情是对爱情的一种礼赞。

死，不是分开，而是聚合生前的分离。这句话，大概是最为简约地说明殉情者的心愿和目的所在了。

结局

夏夜，细密的星辰织缀在宝蓝的天空，似乎是一种甜蜜而又炽烈的恋爱的保证。

在一个夏天的夜晚，到林肯中心的大都会歌剧院，去观赏一场由伦道夫·纽瑞耶夫编舞，法国歌剧芭蕾所演出的《天鹅湖》。中场休息的时候，我的男伴以虚拟的童稚语气天真地向我问道：为什么这位年轻的王子，偏偏要选一个会带来麻烦的爱人呢？

也许，饱经挫创的爱情才显现得出爱的璀璨高华吧！

有趣的是《天鹅湖》的结局，在不同的时代有着不同的版本。在一八七七年，《天鹅湖》的结局，是男女双双被暴风雨席卷而去；一八九五年，则天鹅女在误会王子变心之后溺水而死，王子随后亦自戕身亡，在水乡泽国重新团聚；但是在一九一七年之后，由于人们偏好喜剧收场，两人得享人间幸福的姻缘。

戏剧、电影和小说的人生模拟之中，结局是最为人们关切和艰难的一部分。

电影常设有不同结局的版本，以适合各地区的观众；戏剧也有顺应时代潮流的结局更改；而电视剧的广大观众，更往往主动参与表达对于结局的意愿。

然而，与人生稍有不同的是，有的时候爱情的不幸结局，反而是爱情的完成。君不见感人至深的爱情故事，多以悲剧收场？

从广义的人生来说，每个人的结局都是死亡。哲学也就是学死的一门学问。然而，无论人生还是爱情，并不在于如何死，也不在于结局，而是在于对待的态度是什么。在爱情上，最为重要的则是曾经爱过。

在大大小小各种事物的结局里，组成了人生。人生就是一场等待。而在爱情里，更是充满着等待。从古至今，特别善于等待的就是爱中的女人。

未来的需要等待，来临的则等待完成。人生、爱情、等待之间几乎可以画起连接的等号来。

中国有苦守寒窑十八年，等待薛平贵归来的王宝钏。

西洋则有等待了二十年的奥德赛的贤淑妻子佩娜罗佩。她的那个作为拒婚的托词，白天织、晚上拆的"永远织不完的寿衣"，已然成为贞洁的表征。

在爱情的世界里，这一双辉耀东西方的坚贞女性，是远远超过了他们大英雄的丈夫的伟绩。

我是一个爱猫如命的人，从小到大，养猫的结果，非死即失。有时怀中拥着那温软的小小肉身，伴随着它那幸福相安的呼噜微音，便会涌生这一份爱，亦如男女之爱一样无常的哀矜。每在长旅之前尤感负心之谴。

那聪明一些的朋友则认为，豢养一头与我们同样会生老病死的宠物，是自寻烦恼。然而，对于爱情，也像对于艺术，和其他个人所热衷的志趣一样，是不能由于苦恼便将之放弃的。这样的话，也就不算是真爱了。

每当人们问起猫的寿命，总是不求甚解地答称十五年。其实，它的结局，也正像我的结局一样的截然和充满未知的神秘。

在那一天来到的时候，放不下的、舍不得的、弄坏了的，全都给你一个硬性的终结。但是，可堪告慰的是那演绎的过程毕竟是真正属于我们的。

那尚未开放的永远是最为美丽的一朵，每个人恒在期待，虽然明知早有一个注定结局。

辑三　秋愫绵绵

恕

今晨起来,照例拉开窗帘。一树黄叶,遍地秋风。某些对于秋的记忆,像季节一般重临了,而且比往日更深沉。

不再是情人了,难道就该是仇人,甚至路人了么?我不相信如此,也认为绝对不应该如此。

在爱情的道路上,由于各种各样的原因,包括人力无法企及的在内,分手和离异往往成为难以避免的结果。

对于自己过去曾经深深爱过的人，无论是情人还是夫妻，即使对方有负于你，或者犯下某种过错，作为伤心人的你，与其记恨，不若宽恕，并且遗忘最好。何况，有的时候，我们本身亦有错失。

一个怀着怨恨的人只能活在过去，而过去是不能挽救，也无法予以更正的。我们只是徒然遭受苦恼的鞭笞。对于负心的情人、出轨的丈夫或妻子，在宽恕了他们的同时，自己亦安全地通过了艰难的情感关隘，可以期待一个重新的开始。

许多人往往在口头上原谅了对方，可是对一切并不忘怀。这并不是真正的宽恕。怀着一颗冰冷的心，口头上的原谅只不过是证明自己道德的优越性，这只是在令对方痛苦，并折磨自己。

真正的宽恕非但原谅对方的过错，并且遗忘自己所做出的原谅。过分地强调自己的襟怀大度，会使对方负咎，并非彻底的原谅。只有心口如一的真正宽恕，才会为你带来安静平和的心境。

对别人仁慈，亦即是善待自己。

谁都明白一个怀有仇恨情绪的人，自己的内心亦饱受骚扰，并不平安。因此宽恕别人亦即拯救自己。至少是为了不妨害自己的快乐，我们选择宽恕。

这些道理既平凡又乏味，但是我们仍然要强调一句话——宽恕了别人，便是宽恕了自己。

由于宽恕，有的时候，破镜亦能重圆。这是爱的神奇力量。尤其是在夫妻的一方发生外遇的时刻，宽恕，能令对方回心转意，两颗心再重新做出坚定的结合。

在许多情况之下，由于意气，原本值得挽救的婚姻和爱情却毁弃了。

对于自己曾经深深爱过的人，即使不能做夫妻、不能做爱人，至少也应该做朋友，而绝非仇人或路人。

对于过去的恋人口出恶言，这只能表示一切尚未过去，并且承认错爱及否定自己，眼光大有问题之外，同时亦是一个量窄的人。能够将过去的亲密关系转变为朋友的情谊，这非但是对过去爱恋的价值肯定，并是一种成熟的人格表现。

人生的许多造化不能强求。修正不了命运，至少可以修正自己。一个怀抱仇恨的人，往往会自筑感情的高墙，非但自绝于人，也自绝于己。

所谓感情的韧度，也就是恢复感情刺伤的能力，使自己未来的幸福不致受到妨害。

何况真正爱一个人，只要对方幸福，也不一定以自己为依归。

我深深感到通过了爱情的友谊，特别容易沟通且温馨感人。让分手的恋人，今后仍然成为互相开怀的友人，并为对方祝福。

这一声祝福虽然说与对方，却会回到自身。这是现代人际关系中新的一课，然而却是必修的一课。

誓言与谎言

当恋情逝去的时候，虚弱的身体似乎渗出微微的药味，而心病亦尚未痊愈，这时候你面对着一窗萧瑟的秋雨，难道不会对热恋中的誓言感到痛苦难堪么？

也许你气丧得会诅咒爱情不是易逝的感性，便是神赐过久的苦难。面对我们曾经发过的旦旦信誓，只能感到在全知的命运看来，诚属无力的荒诞呓语。

纪伯伦说："人的爱情形式繁多，大半如野草，无花也无果。"这样的认知，或且你我皆有，但是仍然难免感叹自伤。

亲爱的，请原谅我要重提
过去我们相爱的誓言
熟悉的话语会赋有新意
如果燃起了爱情的火焰

怕只怕诗人一厢情愿的想法，希望渺微，而多半的情况却是下面这四行短句：

我们以前的诺言
莫非都是谎言
爱情虽已死去
我俩却双双活在人间

这使得一本严肃态度谈论着爱情的我，也禁不住要嘲谑地想，如果把历来的神话、传说、故事一一着手整理，看看男人和女人究竟谁比较会说谎发誓，统计出感情骗子的数字，必然是一件十分有趣的事。

不过，继之一想，感情上的事，人负我，我负人，乃是常态。在某一个万籁俱寂的无眠之夜，每一个人都可以回溯一番，能不自惭者怕也会是少有，便也不致再去嘲谑了。

何况，世上真正的感情骗子也并不多，发出盟誓的恋人，至少在那一个瞬间都是具有诚意和热情的。至于时移情迁，或者造化为难种种情况，将誓言转化为背信的谎言，也是出于无奈，或者至少从动机上来说并非罪不可恕。

我一直觉得爱情是雕塑或图画。

爱是沉默的、安静的，言词并不属于爱情的真正范围。可是世事却恰恰相反，情侣们之间的恋爱都是"谈"出来的。恋爱，不恋也不爱，而是"谈恋爱"。这样一来，便也无怪乎巧言令色的人，在爱情角逐上十分得利了。

一般人即使相信语言并非辨识一个人的最佳线索，心口不如一和惯于诳伪之外，便是人云亦云少有定见，但却还是照样轻信不误。尤其是对一个执迷的恋人而言，美丽的誓言，甜蜜的谎言，但求好梦不醒，宁不戳穿。

多年以前看过一部充满夸张喜感的意大利电影，片名是《意大利式结婚》。其中有一段描写丈夫与情妇在自己家中床上作乐，被提前归家的妻子刚好撞见。情妇狼狈遁走，穿好衣服的丈夫却满脸无辜矢口否认，频频追问，怎么回事？在哪里？你说什么？

这一着"死不认账"的男子惯技之有效，与其说是语言上的欺谎性，还不若说是男子天性里的性爱猎奇的不忠属性，而女子又对其毫无对策罢了。那是因为在裁断一个不忠的爱人的时候，即使证据确凿，而当事人却愿意自欺的缘故。此刻，如果再运用到誓言的话，则比平素更加是对爱情的一种侮辱了。

孤独与爱

　　一位新近离异的女友，有回在聊天的时候，把她的寂寞描述得十分真切。她说，她的房间的窗，面对一座花园，满月在天，月光照在她的空床上。

　　一瞬之间，我的脑海里便浮现出一场小说里的景。月亮像她的心情一样垂得很低，几片微云几乎托撑不住。月光无可遏地流淌进她寂静的睡房，把床像小舟一般浮升起来。以一种令人痛苦的温柔，一波又一波摇荡着穿着缕空花纱单薄寝衣的她，不知是寒、还是热的肉躯……

这样的情况毋宁是一种糅合了奇异的美和寂寞的痛苦。当我们面对美好的许多时刻里，无论是一本好书、一曲佳乐、新奇的事物、旅途的丽景，都令我们产生分享和交流的欲望。这种根柢上的寂寞，即使对于一个深谙寂寞、享受孤独的人而言，依然存在。

然而，人却是注定要孤独的。

孤独，有的时候的确是一座地狱。

由于无法忍受分离所造成的孤独，为了逃避这种苦境，许多人情愿将自己的人格和行为，附和消融在他人的期望和要求之下。怨偶们互相折磨、争吵、殴打，每在重大的决裂之后，再度复合，然而却并非一种具有建设性的重新开始，只是因为双方无法忍受骤然降临的寂寞。人们情愿忍受噩梦循环，却亦胜过孤独寂寞。

曾经写出《心是孤独的猎手》的美国南方女作家卡森·麦卡勒斯认为，爱是对象之间的一种刺激和被刺激的作用。不能否认在诸多的情况之下，爱终究是缺乏理性和客观性的事实，因此常会出现轻微或严重的虐待和被虐待狂也就不以为奇了。更为骇异的是，有的时候这种情况竟然持续了一生。有一位友人的父亲在妻子去世之后，才恍然悟到自己将对方折磨了一生。因为生起气来，作为出气筒的对象已不存在了！

两性的爱的本身便具有排他性，再加上每一个人都有着意识和潜意识的失爱恐惧，因此常常会独霸性地将爱情占为己有。然而这种情况无论是出于互相征服，还是一方屈服于另一方，这些均脱离不了自爱的范畴。对于许多人来说，爱情其实不过是一种自爱罢了！所谓的爱情，内涵往往降得很低，其中除了肉体的满足，精神上的免于寂寞是最大的主因。然而让人免于孤离却只是爱情的附生作用之一，爱情的目的却并非出于疗寂。

哲学家帕斯卡说："我们所有的不幸，几乎全来自不知如何待在自己的屋子里，人们总是在行动及出卖自己中寻求快乐。"

出于对孤独的惧怕，人们往往流于无聊甚至可耻的境地。把爱情运用为逃避孤独的方法，将两个人联合起来对抗尘世的寂寞，不过是对爱情的滥用和误会。

把一个人忍受、进而享受孤独的能力，视为人格成熟的表征，倒是一种新颖而有效的方法。人们不妨把独处的能力，当成一种自我修炼。也许，当一个人毫不畏惧孤独的时候，他才充分具备了爱的能力。

爱别离

　　天气偶尔转凉的时候，小街上又有些许路树染上秋香色，离别却使我的心灵未能准备迎秋。

　　晨起后，朔风虽冷，一个人到荒僻的后山散步。阳光晴亮，有好几次，都忍不住在一片半枯的草坡上坐下来，却都又打消了念头，总觉得那是应该等着你来才能做的事。

　　哪管是这样一片灰白赤裸的荒林，如果赋予我俩，亦将会是令人无限感激的美事。清理得空明而洁净的胸臆，一时间便充满了你。

如果修习宗教要做功课，爱情更需如此。心越洁，情越挚，是千真万确。即使用离别的形式，我们亦能把对方爱得更好。你不是这样安慰我的么？

我的心无可遏制地飞向你，不管路途多么遥远。同在一座屋顶之下，也有相思。浓情，消受不得任何形式的分离。天涯咫尺，咫尺天涯，时空亦无法度量。然而，地理上天各一方的分离，相见究属不易，相思则只有再叠上相思了。

每读"金风玉露一相逢，便胜却人间无数"，对于牛郎织女七夕的一年一会，仍然感到至深的哀矜。还记得年岁尚轻的时候，就大为驳斥"两情若是久长时，又岂在朝朝暮暮"的强解。人间情侣哪有是不贪恋的呢？词人的慧解，是宽慰不了因着别离而受苦的情人之心的。

我们都喜欢聆听贝多芬的那曲《热情奏鸣曲》。据说，这首曲子便是奉献给他那位神秘的"不朽的恋人"。

"我的思念一齐奔向你，有时是快乐的，随后是悲哀的。问着命运，问它是否还有接受我们愿望的一天……喔，上帝！为何人们相爱的时候要分离呢？……你的爱使我同时成为最幸福和最苦恼的人……永久是你的——永久是我的——永远是我们的。"

这封未曾寄出的书简，虽然是贝多芬写给上述的那位爱人的情话，但是，这些语句不正是分离的恋人们亘古的心声么？

古今中外的艺术家们，已不知为这离别之苦累积了多少篇章，有心收集，怕也是最能激发共鸣，得以心心相印的一种人类感情了。这正说明着，人生在世，谁也免不掉这种情感的磨折。

恋爱的时候，无异于是一个生命正在经由另外一个生命来互相赋予意义。虽然有些时候分离是出于克制，是为着某种崇高的目的或远景，然而无论如何，这亦是人世间出于无奈的苦情。何况，许多时候，这被佛家罗列为人生大苦的"爱别离"，并非短暂的分离，聚首遥遥无期，甚且无望的情况也并不少有呢！

于一个无眠的中夜，我抄下自己写的这首小诗。随信寄给你。

夜窗上

幽幽晃动的瘦影

可是你

推门出来

街的两头都没有你

明知不会是你

然而一定是你

也许是你飞来的魂魄

一夜的相思

早已凝成彻骨的寒露

梦里现真情

昨天夜里又做梦了。

同一个梦见你的梦，甚至在梦中就意识到正在做梦了，但是由于梦境的美好，却固执地想向自己说服这是真实，并非幻境。

在睡眠之中，由于意志力放松警戒，情绪的束缚消失，想象力自由发展，我们不再是一个伪君子。梦中，我们永远无法欺骗自己，伪装尽除，轻易地便向自己泄露出潜伏心底的秘密和真实感情。

于是被我们所压抑的情感、囚禁的激情，全都以各式形态展现演出了。许多时候，我们蓄意等待入梦来的人儿走来，但大半时候，他们反而不请自来。人生里许多无法避免的感情缺憾，以及命运的谬误，虽然未必在梦中化为圆满、得到修正，但是对于过去的爱恋能够加以肯定，这不能不说是在残缺的爱情之中，自己谋取而来的幸福。

许多无比真切的梦境，在醒来的时候，仍然令人惊喜。那个我们曾经深深爱过的人，非但是我们过去历史的一部分，而且他的某种特性已然融注于我们的生命，并且以梦的姿态重临，亦是理所当然的了。

梦境的美好平和，亦可以作为我们的感情不再遭受缠祟，恩怨尽赎，心情已然熨平的指标。

一位中世纪的法国吟游诗人写道："每当睡去的时候，我总觉得好像和你在一起。在那时候，我得以享有万般恩爱。然而醒来之后，却感不幸，因为好梦已断。我愿永远停留在美梦之中，长睡不醒。"

与这个典型的单思病患者的梦相较，吉卜林的一篇以梦为主题的小说却要深刻得多。

少年乔治经常做梦，梦境总是重复着海滨的堆柴和名字叫作安妮的少女。七岁时乔治曾经在牛津与一位女孩相遇。他到印度以后，青年时代的他仍然常常梦见这位女孩。有一回他梦见与少女相逢，两人并且在三十里路的曲径上共骑一匹小马。

回到英国后，在他家中，他听见一位女子在弹唱一阕描述他梦境的词曲。她果然就是当年那位牛津的少女。原来她也一直做着与他相同的梦，因此才会写下这首词曲。最后两人当然以真实的结合，实现了梦境中的潜意识愿望。

从小到大，我最经常发生的梦境是"飞"。在早年的梦里，飞得十分笨拙，而且地面有人拿着竹竿追撵。但是现在却飞得十分轻盈优美，有一个侧飞的姿势，仿佛鱼儿在水中优游。早先是旅行者的飞，而现在居然近乎于舞蹈家了。

从来不曾有过解梦的意图，无论是迷信还是科学上的。但是阅读之中，却仍然无心地发现到弗洛伊德将"飞翔"列为典型的具有性的意识的梦的解析之一。其他诸如骑马、攀登、游泳和夜贼全都具有相同的意义。而物件如机械、风景、树木、房间、盒子、蛇类等亦具有一定的性关联。

读弗洛伊德的感触往往是所有的事物都与性有关。这么说也倒不是基于反驳，而是感慨性的力量的庞大。

诚如弗氏所言，没有任何冲动像性冲动一样，从幼至长遭受如许之多的约束，以至于留下了太多强烈的潜意识欲望，而在睡眠状态发端为梦了！

如液体一般的爱情

　　很多年以前，影剧版上刊出一则某位知名导演恋爱的消息。这原本是毫不出奇的事。社会大众一直以高度的兴趣去参与和关怀一些名人们的私生活。影剧圈里的众星便幸也是不幸地受到这种荣宠和干扰。

　　当时这位年近半百的导演，正热恋着一位年岁颇轻的女演员，并且表示这一次的恋爱，是他此生真正的唯一的恋爱。

当然，这句话是有语病的，仿佛在说过去的情爱是假。于是，促狭的人纷纷詈责起来。我却对这句话作出厚道而善意的解释。恋爱的人，又有谁不会把正在进行的恋爱看成是真正的唯一恋爱呢？通过含情的双眸，又有谁不是把情人的可爱和伟大之处夸大彰显着呢？

不是这样，便也不称其为恋爱了。

这样述说的时候，慧黠如你，必然以为我与前面提的那位导演具有相同的观点了。但是并不尽然。尽管进行时中的恋爱，在当事人心中是真正的唯一的恋爱，令人感到哀矜的却是，隐藏在这种说法背后的悲剧宿命。

这句话来到我的口中，将会修正为："所有的恋爱都是真正的唯一的恋爱，而且是最后的恋爱。"其实，这种说法，也不过是把恋爱中的男女一厢情愿的期望表达完全而已。也许在那位导演的心目中，亦含蕴着相同的意旨。

我的哀矜，便是哀矜在尘世中的有情众生，对于无常的情爱所表现出的这种贯彻始终的意愿和想法。可哀的是并非人人能够如愿以偿，而不论差错到底是出自于己身的咎误，抑或是命运的铺排。

某年冬天，一位睿智的老者怀着慈爱的心情，送我一程。不知道因于何种征兆，亦或是出于直观，对方认为我身陷情阱，老人刻意地同我谈起感情的事。

他说，爱情是液体，想要将它变成固体的人，是痛苦的了。

这不啻是一句针对情执的美妙警语！他的抚慰性的解析，使得我们挨得很近的并非仅仅是相差数十龄的躯体，亦且是心灵上的了。过来人的话呀！他在渡我。除却感激领受他的善意和深加体会之外，何能尚有置喙的余地？

然而，无力的我却依然忍不住要补述几句。尽管在爱情上有许多外在的事并非能够经由意志改善和控制，但是爱情是液体的说法，尚含有它是生生不息、极需维护使之再生的本质。至少在这一端人力可及，是我们不能疏忽怠惰，并当戮力以赴的。

在戚然地认知那许许多多外在的原因形成爱情的变数之后，我们亦不得不承认感情自身的变迁。为什么忠实于某人而一直爱下去是一件困难的事呢？爱，就是相信自己所爱值得去爱。爱是一种决心、一种判断、一种应许。它使人自然固守下去，根本谈不上约束。那种经常更换爱情对象的人，不过是在动荡的情海里徒然地消磨自己，沦入机械性的轮回。这是对于相信情难守的人的惩罚。

真正的爱是种永不疲倦的本能，使我们永恒趋向对方，终能相互体验彼此人格里最为沉潜的部分。不能定于一的人，终至一无所得。在面对爱的变易无常之际，至少我们可以使自己成为一个有恒的深沉的爱者。

奴性的忍耐

　　爱是恒久的忍耐，又有恩慈。爱是不嫉妒。爱是不自夸。不张狂。不做害羞的事。不求自己的益处。不轻易发怒。不计算人的恶。不喜欢不义。只喜欢真理。凡事包容。凡事相信。凡事盼望。凡事忍耐。爱是永不止息。

对于这一段讨论爱的文字，即使不是基督徒，也会为它的美丽深刻所感染。而身为教徒的人，几乎皆能背诵，并且直指这是出于《新约·哥林多前书》十三章。

人们之欣喜于这段文字对于"爱"的诠释，正是由于它蕴含了令人不得不为之膺服的，对于良好品性的期求。

然而，在十余年前我就对"忍耐"二字发生质疑了。因为忍耐就像河川淤积的泥沙，终必导致改道或泛滥。在两性关系中，更富建设性的是沟通与调适，而不是一味的忍耐。

近读一篇谈"忍耐"的文章，直若暮鼓晨钟，心弦为之震荡。不免想就这个话题述说给相亲相近的你，看看是否发生相仿的共鸣。

此文的作者是苏联时期最著名的诗人叶夫图申科。此君曾经二度访问过美国。我亦稍稍读过他的一些诗文，留有深刻印象的则是几首情诗。

文中，他特别提出一个有趣的俄文所独有的词汇——"奴性的忍耐"（priterpelost）。这个单词非但本身包含着对忍耐的尊重，且可以包罗万象。它不仅仅适用于对官僚主义的容忍投降，亦适用于各种社会问题。

作者沉痛地指出忍耐有两种：一种是英雄的忍耐，一种是奴性的忍耐。

属于前者的诸如产妇对阵痛的忍耐、创造者在创造过程中的忍耐、在严刑拷打下拒绝供出朋友的人的忍耐。而后者却是一种令人丧失尊严毫无意义的忍耐。这种忍耐，除掉接受罪有应得的惩罚和屈辱之外，只表示出容忍犯罪的本身，即是一种参与犯罪的形式。

这个字眼实在太言简意赅了！它表达出我多年以来对于"忍耐"所一直无法确切剖明的思想。所谓"奴性的忍耐"固然可以泛涉国家大事，而对于个人的感情生活亦具有深刻的警魂作用。

听听我们的一代才女萧红在与萧军分手，并与端木蕻良结下并不美满的姻缘之后的感喟吧："多么讨厌啊，女性有着过多的自我牺牲精神。这不是勇敢，倒是怯懦，是在长期的无助牺牲状态中养成的自甘牺牲的惰性。"这片段的话语述说的可不正是这种缺乏积极意义的"奴性的忍耐"么？

爱是一条艰难的道路。

爱情无可避免地亦会被个人以及环境种种的特性所支配，相爱的人必须坚忍以赴。但是，这却是建立在兼具有理性的爱的前提之下。

盲目的牺牲，虽然不失为悲壮之举，但仍然不免愚蠢。失去理性的爱，本身便是病态与不负责任。徒然受苦，又不为对方接纳珍惜，仍属枉然。

叶夫图申科在那首脍炙人口的情诗《我不再爱你》中，写出如下的悲凉句子，可以作为爱情的挽歌。

　　我不再爱你——多么平凡的收场
　　平凡得像生，平凡得像死
　　我不再爱你；为此我不求你宽恕
　　我曾经爱你；为此我求你的宽恕

争吵

自己是一个烈性的人，因此对于过往的恋人，充满着惭悔之忱。尤其对于惯常劝诫我"脾气来了，福气没了"的那一位温厚的人，由衷含歉求恕。因为，对于原本具有的幸福可能，所做的只是负面的功能。

我一直相信，情人的争吵有两种：一种是负面的争吵，一种则是正面的争吵。

过往的人咸相信，在亲密的关系中，彼此相爱的人不应该发生冲突。争吵毫无意义，而且是破坏感情的事。

事实上，一对不争吵的情人或夫妻，他们的感情未必一定比吵架的要好。不会发生争吵的情侣之间，有的固然是出于和睦，以及双方的修为；许多时候，则仅仅是由于怠惰、冷淡、无望和放弃。

争吵是和好的方法之一。

情人的争吵，目的并非在争输赢，而是在于澄清误解，有助于彼此更深一层的了解。尤其对于拙于表达的人而言，争吵更担负起巨大的沟通使命，几乎变成与身边的人最为重要和唯一的沟通方式。这种情况说来不无病态，却的确成为人们惯用的解决问题的办法。

爱是动态的，永远必须面临新的挑战，无法静止。实则我们该说爱情只要存在着一日，它本身便宣示着战争也并不过分。

当爱朝向我们所爱的对象迁移、生长及活动的时候，其本身便包括了冲突与和谐、快乐与悲哀。正是这些使得相爱的人经验了彼此，否则只是一种无法分享感情的肤浅结合。

正面的争吵具有建设性，并不构成爱情的威胁，是由于爱的本质是向心力而非离心力的活动。经由冲突，我们更能打破彼此内心深处的隐曲，达致紧密的结合，爱情动力才不致消失，爱火亦永不熄灭。如果把怨恨埋藏起来，做虚伪的压抑，爱意亦失，只是徒然。因为这样做的结果，终必导致一场可怕的爆发，其结局很可能亦是充满了毁灭性。

拜伦曾经说过："为所爱的女人而死，远比与她们共同生活容易得多。"

诗人也许是在某种气愤的情况之下，说出这句语含嘲弄和敌意的话。姑且不论女性之于男性，反之亦然，其实这句话的真意，在于点破了落实在生活里爱情的艰难罢了！

从社会和心理学家的各种实验和调查中显示，夫妻能够猜知对方真正喜恶的不超过二分之一，这正是争吵的症结所在。而不管为着何种原因争吵，一般均感到吵架之后要畅快许多，这亦是纾解两人紧张关系的正面功能。

情人之间的争吵不虞危及根本，最主要的原因乃是在人类的本质里，具有一种伟大奇妙的力量，便是意欲达到他人期许的倾向。这一点在爱侣之间尤为真切，因为两性之间，尚结合了生理和精神双方面的力量。

谈论夫妻和情人之间吵架规则的文字，你一定看过不少了。诸如避免习惯性恶性循环的争吵、不要伤及对方自尊、不要翻旧账、不要老为同样的事反目、吵架后不要离家出走不归、忍住说那句必然"点火"的话……

这些全都是毁灭性的负面争吵，智者不为。

美国的大诗人弗罗斯特给自己拟下的一句墓志铭是——"我和世界有过一次情人的争吵"。或且这是一种礼赞，因为这恰恰表明争吵是对生活、艺术和爱情紧密贴合的爱。

情人的眼泪

那天我抑制不住身躯和舌根的颤抖，并且哭泣起来了。那是一点也不虚荣的。而且，毕竟又压制下去。

我的流泪，多半是些无声的泪。总是默默地流了。泼辣地呼天抢地从未有过。独自的时候，绝望地痛哭倒是有的。与其说是自怜，还不若说是纵容自己任一回性，闹闹情绪。如果需要运用哭泣博得对方怜惜，已是强弩之末，发生不了作用的。

那天我哭，却不是由于失意。人在幸福的时刻，特别是当两情相悦，心灵格外敏锐善感。我哭，是因为突然重新意识到，再纯洁美丽的爱情，再高尚自苦的陈义，终在俗界轮回，逃不脱一切俗世的蹂躏和宿命。怎么会这么苦呢？每一个人。正是由于眼下的幸福，简直教人更不忍心的了。

然而，更为不幸的是，人们却往往愚痴到具有勇往直前的决心。这毋宁是可悲的了。仿佛是出于嫉妒，这个不完整的世界才会永远企图将完整的爱加以扼杀。好在爱情像艺术一样，可以超越死亡。

你抚摸着我颊边的发。你总是能够一眼分辨出我是否当天洗过发。如果我没哭泣，走近身边的时候，你便会像往日一样恣意吸一口鼻息。

能够这样落泪，毕竟是幸福的。尽管未能保障未来，却至少拥有共处的现在。这也是为什么恋人们总是感到快乐的原因吧？哪管是在落泪。

在纽约的中城，有一回经过一家专门放映印度电影的戏院，门口的牌示上赫然写着："保证给你一场好哭"，这倒令我想起小时候国产片的广告诉求，也是异曲同工地"保证哭湿三条手帕"。悲剧具有强大的感染力，小小年岁，似懂非懂，也会哭得涕泗滂沱。

在平凡的人生里，无论是俗世因缘，乃至夫妻，寻常并不会产生何种伟大惨烈的悲剧。何况即使有着观赏爱情悲剧的偏好，自己却并不想成为悲剧的主角。但是，尽管如此，为了一份感情，落泪的境地终归也是在劫难逃。

有的时候，即使是一个平素不流泪的人，也会将一生的泪水积贮起来，为了某个人而流。

有一首叫作《情人的眼泪》的歌曲，似乎并未因时间而汰失，哭诉的是情侣们恒常性的悲哀——分离。可叹的是生离固然可悲，死别尤然。更有甚者，则是注定无法实现的爱情，恐怕更是令人泪流成渠了。

希腊神话里有两个苦恋的故事，主角最后都化作一泓泉水或一条河流。

少女碧普丽丝追随她的所爱，走遍千山万水，终致衰竭而死，但爱心依然。她在死处，化为涌泉，一流清溪，宛然继续前寻。

另外一则故事是阿尔甫斯在打猎时候爱上仙女阿瑞塞莎，她却拒绝他而逃匿，最后在一个小岛上变成泉水。哀伤的阿尔甫斯亦变成了一条河流，然而对于伊人却未曾忘情，终于在海底与那泉水合而为一。

为爱流泪也许是人生的苦事，然而，不论结局如何，"曾经爱过"，在短促的一生里，仍然是一桩最为美好的经验呢！

失恋

爱情如水。

水能载舟、亦能覆舟的道理，人人都能解得。爱情能够解决人生矛盾，带来最大的幸福，同时亦具有给人等量痛苦的能力。

恋爱可以塑造一个人，也可以毁灭一个人。既能形成，又能破坏，端看每一个生命的爱力与因缘。有人灵魂因以净化，有人则因而陷入罪孽的深渊。

坠入爱河是一种高度的情感骚动，它的终结，自然也会带来等同的骚乱。从狂喜的此一极，进入悲痛的彼一极，其苦难无疑是深刻而巨大的，致命的程度亦一如死亡。

其中最为令人痛苦的情况，乃是一方主动提出结束感情的要求。对于这些片面决定的受害者而言，一个绝情而去的恋人，简直比爱人死亡还要难以接受。

因为死亡是一个截然的结局，无法改变，而失恋的人，却仍然会被存在着的合好或报复的想法所缠祟。尤其是再相见的机会和可能，更为令人痛楚难堪，并且强制自己在失去了作为心灵重心的对方之后，仍然要装作对方不存在地继续活下去，诚属艰辛。

相信每一个人都大大小小经历过失恋的感情。一颗悲苦不安的心，连躯体也束管不住。而寂寥的室内，每一件物事都在与我们作对，于是便一任自己像条无主的野狗一样在街巷巡走。然而，从凄楚的双眸望出去，无不凄楚。

天空虽然广阔，然而我们却逃不脱旧日之情，曾经一同走过的公园、伫足的街角、逛过的书店，甚至同一颜色的车、相似的名姓……无不令人抖颤心惊。多么惊人的杀伤力啊！

最为可悲的事件，则是那些当一方收回感情的时候，所造成的自杀和情杀了。许多内向性格的人，较外向的人更难于从悲痛之中恢复。然而一个具有成熟人格的人，则意味着具有恢复感情创伤的能力，至少不会由于失恋而自毁或毁人。

暴力与爱情实在没有关系，世人惯喜用它来衡量爱情的狂热程度，实在是大谬不然。那只是一种层次十分低下的迷恋和占有的属性。一个心灵境界高超的人，不会具有毁灭性的暴力倾向。相反地，精神生活低下的人，则容易产生这种暴烈的举措行为。

脍炙人口的梅里美的小说《卡门》，被比才谱成著名的歌剧，又不断地制作成不同版本的电影，其中便充满了血腥狂野的爱情。

当我漫步在西班牙阳光艳炽的白花花的小道上的时候，还有在欣赏那音乐、舞步、色彩都满溢着浓烈郁苦的弗拉明戈舞的时候，在我脑中回旋的便是那一对情人的影子。

面对着一位无羁的吉普赛女郎，爱力使得这位单纯的青年军人，从一开始便卷入乱流，陷溺越深，终至为着确保所爱形躯，而将卡门这只随时都会翔走的自由的鸟儿，手刃刀下。

爱情如水，它永远在流动。

将爱情视为人生唯一的事，无疑地亦与那些轻贱爱情的人一般愚蠢。爱情乃是出于双方自由的选择，强迫性的行为根本无法囿有爱情。曾经相爱，何至于演变为血流五步？

因为失恋而杀人或自杀者，这绝非独立单一的表现，这种品质特征，亦同样会显现在其他的情境之中。真正拥有爱情的人，即使从失意中，仍然会学习和产生正面的爱。

离婚

历史上第一位在法官面前宣誓离婚的人，名字叫作史布流·卡维意，是在公元前三世纪，第十五届奥林匹克大会的时候。他的理由是妻子不育。人们却不原谅他。

直到今天，天主教仍然坚持不可离异，因为《新约·马太福音》中说婚姻是"神作之合者，人不得而离之"。至于中国人，自老舍写过《离婚》小说以来，依然认为离婚是件不体面的事情。但是世人却都在按照各自的法律、习俗和宗教进行着离婚。

古代的社会，离婚多半取决于男子的意志，中国以往的"七出"亦是这种男子片面的离婚权。相对于过去，近代人的两性离婚自由，无疑是一大进步。

婚姻是人类最为复杂的一种结盟关系。一对订过盟的男女，感情上可以由狂热的一端，转化为冷酷的另一端，而导致无可挽回的分歧。世上没有完美的事物，婚姻亦然。

事实上，离婚只是两个曾经愿意共同生活的男女，产生了无法弥补的裂痕，双方决定分道扬镳，因此其间不应具有局外人的道德和价值判断。严峻的离婚程序包含着惩罚作用，是在剥夺人权和违反人性。而离婚的途径过于便捷亦有损于婚姻意旨。

人们总是喜欢运用离婚率来表示道德水平，那么过去的封建社会少有离婚，可是道德并不高超。一个离婚的人，比起那些不敢面对离婚苦楚，而委屈在已然死亡的婚姻里的人，至少更为勇敢诚实。为了视听观瞻而继续一个有名无实的自欺欺人的骗局，毫无意义。至于为了孩子而不离异，则必须考虑一个不和睦的家庭，很可能导致儿女更大的痛苦和心理障碍。

婚姻生活很难让人维系一份理想化的浪漫爱情，冲突乃是生活的本质。我们必须憬悟到一个关键之点，在于尽管夫妻双方均充满沟通交流的诚意，勇于面对和调适冲突，但是并不表示可以将一切问题解决。学习接受我们无法改变的事实，乃是一种成熟的表征。无论是认命或逃命，其关键都在于积极的建设性。

再者对于婚姻本身，我们应当具有正确的期待。一个人不可能从婚姻之中得到一切。比方说天性快乐的人，无论独身或结婚都会快乐，然而一个负面个性的人，则很容易产生依赖对方达致不切期望之想，其幻灭亦属必然。

许多婚姻不如意的人，常认为是对象不佳，更换一个对象问题便迎刃而解。真相是新的关系，产生新的问题。婚姻的精义在于妥协。无论是个性的差异，还是生活的矛盾均应如此。

同时我们必须意识到，自己与配偶双方都恒在变动，共存共荣的关系需要一致的步调。但是，这却并不表示一种封闭性的限制和囚困，双方仍都需要拥有各自的空间。

从表面上看来，离婚是一种婚姻的瓦解崩溃，但是实际上这个看似激烈的手段，却在维系而非破坏婚姻。现代人正是因为肯定婚姻的价值，才做出更人性化的修正。离婚好比人生中的一个大手术，可以视为一种转变的契机，未来可以充满着创造性。

对于离婚的一双男女，我们应该像结婚一样祝福他们。祝福他们就像老舍在《离婚》里写的："就是社会黑暗得像个老烟筒，他也能快活、奋斗、努力、改造，只要有这么个妇女在他身旁。"

噬苦的情

　　"如果把世上所有不贞的妇人与风流丈夫互相牵起手来，可以绕地球一圈。"这是十六世纪法国一个回忆录作者西纽·白兰杜做出的据称是保守的估计。

　　正像真理独立于一切，爱情也并不遵从为它所设立的世俗法则。从特洛伊的海伦开始，这种不为世人所祝福的婚外情，便引发了巨大的纷争与灾难。

《崔斯坦与伊索德》是我十分喜爱的一阙瓦格纳乐曲，这个发生在西欧中世纪的故事，一直被以各种艺术形式所表现。有趣的是作为文学史上最初蓝本的恋爱小说，描述的便是一个通奸的故事。

崔斯坦爱上君主的王妃，伊索德亦爱上臣属的这名骑士。他们两人的恋爱，无疑地从开始便充满无法克服的苦难与障碍。注定无法结合的命运，使得这对悲恋的情人最后不得不走上自杀的绝路。

人们之对于这个故事的感动，便是基于这种外遇的爱情模式，无论在人生或者艺术，无疑均是双重的真实。

然而自古以来，无论这种爱情是多么地艰难、苦恼，且充满千般的障碍，非但未曾吓阻这种感情的发生，而所有这些巨大的反面力量，反而成为拉拢聚合两人的力量。而且往往阻力越大，情火越炽。

既然同你写信的目的在于灵交，我便也不会避讳谈及自身亦曾走过这条崎岖的路，经历过这种感情的深重噬苦。

由于婚外情已不再是一桩单纯个人的事，往往牵连至广，甚至无异于在向传统和道德挑战，因此即使自己甘心就戮、无怨无悔，也难免不夹缠恩怨，并伤及无辜。

对于发生婚外情的人，也许，最为圆满的结果是能够摆脱一切障碍，双双结缡。但是即便如此，却无疑是以摧毁一个或两个家庭来建立新的生活。如果双方并非基于真爱，并且了解结婚意涵，更换一个对象并非解决问题和导致幸福之法。一切只不过是一个机械性的错误重复！

捷克的谚语里有一句："在两棵树上筑巢的小鸟得不到快乐。"我想至少开始时快乐总是有的，只是苦恼越来越多。

伊始时候，见面的困难、周遭的压迫、心中的疑妒，种种令人忧急不安的因素全是情火的助燃剂。但是，不幸的是，往往这种激情只不过是建立在男性的新奇感、女性的报复行为，甚至仅是一种"禁果反应"，并非前述的伟大爱情。而且炽烈燃烧的，都会熄灭。当双方冷静下来的时刻，才能给爱情准确定位。

事过境迁，我们当明白不以成败论爱情，曾经相爱固不应成陌路仇人。而不在于天长地久，只在于曾经爱过，亦是当有的爱情境界。只要体验爱情的迷狂，已不枉此生，并且了解为什么人们认为永远值得重新经历一次。

如果扯下道德的面具，相信许多人的规矩，只不过是缺乏机会的同义语。

恶名昭彰的婚外情，亦一如嫉妒是婚姻和爱情的稳定剂。许多社会学家均指出，婚姻之外的性爱发泄孔道是维持，而不是腐蚀婚姻制度。

当然他们指的只是这种每天都在发生的外遇的结果，而并非鼓励。何况，不管人们持何种态度，从古至今外遇便这样无可遏止地发生着了！

辑四 冬恋深深

约会

那夜，我独自游走在安克拉治午夜之后的机场里，巨大的落地窗外是一片厚厚的深雪。想到已在奔赴你的半途了，又兴奋，又迷离。

多么迢遥的旅程啊！

无数次下意识地从地图上寻找你的地理位置，都会提醒现实往往与一双贴得邻近的心灵背道而驰。地图上那惯用的藕粉红和鸭蛋青色彩，柔和得与世间的严酷并不一致。而且每个国家的地图制作者，都会以自己的国家为中心。

位居东方的中国，自然亦被西方分割成两半，居于地图的两翼了。与你的相会，需要行经荒僻酷寒的极地阿拉斯加，飞越大半个地球，才能来到相交的那一个小点之上。

为了达成约会，情侣们总是罔顾一切围限，甘愿付出一切代价。

周朝有一个男子叫尾生，与情人约会于桥下。女郎迟未现身，尾生便在桥下痴痴地等。突然山洪爆发，尾生却仍然抱住桥桩不肯离去，不幸溺毙。

希腊神话里亦有一则相仿的故事。

美丽的女祭司希罗在市集上邂逅兰德尔，两人一见钟情。相约于每日夜幕降临时，希罗点燃火炬，指引兰德尔由对岸泅水过来相会。一日风雨交加，海上雾重，兰德尔惨遭灭顶。翌日清晨，希罗在岸边看见情人尸体，遂亦自溺。

痛苦真的是欢乐的姊妹么？不过，古今中外的情人们，为了约会甚至付出生命亦在所不惜，这爱情的迁移力量是多么的惊人啊！

当今好莱坞难得的一位具有出众气质的女演员梅丽尔·斯特里普，在《坠入情网》这部平凡之作中，有一场戏却教我留下深刻的印象。为着前赴罗伯特·德尼罗的约会，她敞开衣橱，不断地更换衣服，忽然憬悟到自己有夫之妇的处境，对着镜子质问自己："你在干什么？"

心理学家已为夫妇们建立起观察外遇征兆的准则，其中之一便是勤加梳洗修饰和注重衣着。

约会中故意迟到以让对方焦急的伎俩早已过时，如果有误时情事，恐怕多是为了打扮超出预算时间的缘故。

约会的密度和热度，固然并不等于感情深度的指标，但是至少显示兴趣和热忱十分高昂。

尾生和希罗都已与情人进入风雨无阻的激情状况，无怪乎牛郎织女亦会为之辍耕织，以至于被天帝惩罚为一年一会的恶作剧了。

懂得将狂飙式的爱情细水长流的人，固然有福了，但是这却得彼此有着蕴藉内敛的性格才能竟功。无奈的是，情心似箭，任什么也抵挡不住。

当代日本名作家井上靖在诗作《致心爱者》首段写道：

活着
毋须如洪水一般——
浩大，激荡。
愿你如清水，
如岩罅幽僻的涓滴——
甘洌、岑寂、自我闪光。

在"盲目约会""网上交友"大为流行的今天，人们但求快速的碰闯遇合，约会早已成为寻求短暂欢乐的同义语。只是"即溶咖啡"毕竟比不上"慢火焙制"。

老少配

女人老是在问：理想的男人在哪里？男人也在问同样的关于女人的问题。女人抱怨世上的好男人太少了！男人则认为今天的女性过于凶悍挑剔。

我们在遇见一个异性的时候，往往在瞬息之间就以一些世俗而并非关键的标准，诸如高矮、胖瘦、贫富、学历种种作为否定的依据，将对方驱逐出局了。问题是瘦也会变胖，富也可以变穷。吸烟的人戒了烟，不喝酒的人染上了酒瘾。

在所有的错失之中，最为普遍和致命的谬误，则是男性的寻求视觉崇拜偶像，全然以女性为性目的物，而女性则唯财富地位是图。这两种人都活该不如意，因为他们双方寻找的都不是爱情的本身。还没有开始，就出卖了爱情。

在择偶的条件之中，善良、忠诚、耐性、负责均是老生常谈的重要因素。而在现代的人际关系里，一种充满亲和力的磁性人格，其中涵含着聪明、品趣、敏感、幽默和爱心的特质，将是比诱人的外表和财富地位更具有价值。一个大脑发挥作用的人，是不会与这样的超级侣伴失之交臂的。

在这儿我尚想提出一个与传统悖逆的现象，便是伴侣之间的年龄限制，已然变得相当具有弹性。过去男女的结合，在习惯上总是男大女小，这大概是青春美貌取向所致。台湾在很多年前，社会上突然发表出适婚年龄女多男少的报道，因此在求偶的对象中，女性不得不改变标准，换句话说，选择比自己年少的男性为侣。

其实不论在西方还是在东方社会，老妻少夫的情形益加普遍。丽芙·乌曼的那出出名的喜剧电影《女人四十一枝花》，便强调出侣伴之间的交融投契与年龄无关。何况一个人心智的成熟也未必与年龄大小一致。多的是人虚度一生一世，仍然是一个长不大的孩子。

法国一家杂志曾就这个问题做过调查。百分之六十四的父母认为儿子娶了比他大十岁甚至更多的妻子，是件高兴的事；百分之五十七觉得儿子前途光明；而百分之六十八则觉得这是件稀松平常的事。

相形之下，也许别的国家并不像法国这样开放，但是至少在态度上也相当温和。何况，这亦与老夫少妻一样是出于双方自由意愿的选择。一般而言，这也是健康自然的灵肉结合。

女性之于男性，尚未产生所谓的病态的"童女恋"。像纳博科夫的轰动之作《洛丽塔》以及谷崎润一郎的《痴人之爱》，均是对于少女异常的迷恋。

如果从古今的闻人之中择取范例，也不无趣味。比方说穆罕默德于二十五岁时娶了比他年长十五岁的富孀，结缡二十载直到对方去世。大文豪塞缪尔·约翰逊也娶了一位富有寡妇，只是年龄尚要大二十岁。至于情人众多的凯瑟琳女皇的丈夫则比她小十岁，拿破仑的约瑟芬皇后也比他大许多岁。当代的美国女画家欧姬芙和法国女作家杜拉斯，也都拥有年纪很轻的小情人。

说了这许多，也不过是让爱情可以穿越更多不必要的限制。因为心意毕竟是靠心来传递，也只有用心来回答，唯有一颗充满爱情的心才能酬报。

男人的爱

　　《爱得太多的女人》《男人恨女人，女人爱男人》《卡萨诺瓦情结》《不能爱的男人》……这些都是陈列在美国书店书架上的关于感情的畅销书。光看书名，似乎大体也可得出一个结论，爱的世界里先天便失衡了！

　　男人真的不能爱么？

　　关于这一点，依据过往的传统倒是不难得出结论。

因为男性在精神上"分化"得十分厉害，而爱情则是一种注意力集中的表现。

很早的时候拜伦就在诗歌里写道："爱情是女人的全部，而只是男人的一部分。"

诚如诗人所言，当时的男子在爱情之外，尚可在宫廷、军旅、教会、航海和市场上大展宏图、赢得声名，而女子则只有再去爱人，并再度受到别人伤害。

时至今日，女性的地位大有改善，理论上男女之间的爱情应该比较美好，但是在一部漫长的、充满扭曲的两性历史作用之下，这一场自认优异的和被目为卑劣的男女两性斗争，仍然未曾结束。

近些年来，女性解放运动甚至为男性带来了惧怕失去男子优势的恐慌。由于过去一直认为比女性优秀强大的第一性，如今却无法如此肯定，并像过往一样处于控制地位了。

心理和精神专家早已肯定，男性对于女性，具有他们所不愿意承认和被压抑的恐惧。女性对于他们来说神秘难解，即使在性的表现上，过去女性只是为了男性的快乐所设，如今他们却必须顾及对方的感受和满足。因此男性开始担忧他们自己的性能力、尺寸、次数种种，唯恐自己变成性无能。

女性明悉她们和男性一样可以享受性的觉醒，这难免令男性兴起蜘蛛女一般的恐怖联想。

再者，男子在天性上害怕与人亲密，很难信任别人，深怕自我暴露。因此对与异性结成亲密关系亦在畏惧之列。此外，当然他们也怕失去自由、负有责任种种。

培根曾说历史上的伟人没有一个置身于疯狂的恋爱之中，其实这只不过是前述的男性注意力分化的证明而已。除却表示他们在爱情上的低能和欠缺，并未能够加深他们的伟大。何况，世界上太多的男子均未曾疯狂恋爱，他们却一点也不伟大。

如果认真追索，在这些伟人的一生之中，也总会追求、爱慕和信赖过某些女性，并与她们恋爱或结婚。我们肯定这绝非仅仅肉体关系，而是属于只有异性才能赋予的心灵依恃和创造力的激发。

爱因斯坦的伟大表现，均完成于爱情生活圆满之时。

一个伟大的男性背后总有一个给多取少的伟大的女性罢了……

日本作家远藤周作在他的女读者面前，坦然俯首承认男子在爱情世界的流氓无赖作风。

而我们充满灵性的诗人里尔克在《马尔泰手记》中，则发出了真挚的男性呼唤："几百年来，她们都只活在爱中……男人往往只会做粗心的模仿，吊儿郎当、懒惰，再加上深深的嫉妒，以至于常常伤害她们真实的感情……我们难道不能试着稍稍改进一点？试着亲自参与'爱的工作'？以前，我们一点都没有付出，在我们任意的享受和消遣之下，她们累积了可悲的痛苦……我们是否能舍弃已赢得的地位，是否能从头学习爱的生活？"

恋母情结

常听见人说，有一种男人不能爱，他们就是那些依恋母亲过甚的男子。这个说法，东西方人倒是不谋而合。

D.H.劳伦斯自小就与母亲十分亲密，炽烈的母爱一直占领他的内心，由幼年而成年制约着他的感情，甚至大为影响到他后来的爱情生活。由于母亲的反对与嫉妒，尽管他对洁西·钱伯斯一往深情，并和露蕙莎·巴罗斯订过婚，最后还是分手，这些情节全写入了他那带有浓厚自传性色彩的小说《儿子与情人》之中。

说自己的丈夫应该去和他的母亲结婚的人，恐怕不仅是劳伦斯小说里的女主角。嫁给恋母情结十分严重的丈夫的女性，恐怕都会愤怒地说出这句话。

母亲太过钟爱宠溺对于男孩十分危险，有时会造成精神上的乱伦，以致成年后无法正常地爱人与被爱。对母亲的依恋，常使青年对于成熟妇人产生偏好，甚至过了青春期仍然摆脱不去母亲的意象，在爱人的身上寻找母亲的替身，造成选择爱人是以母亲为原型。

母亲乃是人们的生理故乡，母爱在本质和表现方式上与父爱迥异。母爱是深刻的，不像父爱，它是没有条件的爱。然而一个健全的人格，却是个人与其父母互动关系下产生的，当人们达到自立的时机，便应该与母亲渐次分开。

一个明智的母亲绝不应该阻挡孩子的正常发展，溺爱亦常常会导致人们对母亲关系的过于依赖。

将爱散播在孩子身上固然是母亲的快乐，但并不盲目。在孩子独立之后，便不应再自私地企图继续控制成年的儿女了。

真正的母爱，是在孩子成长过程中，一天天地与她分离而自立上，受到考验。同时，这亦是考验着一个个体成熟的标准。

曹禺在他的剧作《原野》之中，亦表现出强烈的亲子与妻子之间的冲突与矛盾。

落水时先救谁的质问，对于置身于两个最亲密的女性之间的男人来说，真是两难。但是爱却不是一个数学上的分配问题，情激生情，两种情感也并不互相妨碍。

只有一个自私的母亲或妻子，才无法忍受儿子或丈夫对于另外一个女性的爱。

恋母的男人之所以成为问题，正是由于他们未曾超越其依赖性而达到自立自主，而这却是在爱的发展程序中，必须达到的成熟目标。否则便无法施爱与人。

从许多意义上来说，恋母的男人都是一种长不大的男孩，不管他们的生理年龄是否超过成人的界线。

换句话说，他们仍然希望被宠爱，而不主动去爱。这些被惯坏的孩子，总是自我中心，希望达致予取予求的结果。

男子里面，有的人不论他们的成就有多高，有的甚至是十分成功的艺术家，但是他们却始终未能在爱情上达到成熟的境地。能够从自我中心的被爱者层面，逐渐步入爱者的利他行为是成熟的指标。

卢梭把他的情妇唤作妈妈，巴尔扎克年轻时候亦发生类似的情感，而乔治·桑对于萧邦和缪塞的爱都怀有巨大的母性，这些都不是丰盈成熟的爱。

"我需要你，我爱你"和"我爱你，我需要你"正是区分不成熟和成熟的爱的两把尺。爱是一种互动，一个缺乏能力实现爱的人，不会拥有真正的爱。

心灵的去势

　　张贤亮那本广为流传的小说《男人的一半是女人》，是以性压抑和性机能障碍为主题。小说里有许多精彩之处，才华毕露，却并非仅仅是以题材在封闭的中国具有冲击性的缘故。

　　性的神秘外衣，固然在今天已然被揭开了，但是尤其在东方，社会上仍然存在着许多禁忌和不实观念。

　　中国人一向认为性的功能在于传宗接代，无法正面承认性的因素与人格成长相联系。在性的态度上亦不像西方人一样健康自然。西方人普遍将性融于成长过程，且占生活的比重很大，并且不像东方人充满病态的色情意味。

中国人的性可以说是一直处在半窒息的状态。由于缺乏健康的心理态度，其表现乃是泛滥式的。不能将情感自然投射而为生命力主动寻觅出口，便只好进行性幻想，并且移情于一些淫秽的黄色书刊、春宫照片和录影带之上。过去纽约的四十二街色情区，多的是咱们中国人的黄面孔，便是一大证明。

尼采曾经说，古典法国高级文化与文学，全部产生于关心于性的方面上。其实，观诸世界各国的文学和艺术，无不受到性爱巨大的影响。而对照之下，法国人的确具有较为自然美好的性爱态度。

对异性的追求既是生理上的追求，也是心理上的追求。生理追求可能是由心理追求所引起的，心理追求也可能是由生理追求所引起的。生理的爱是与春天来临一样自然萌发的，压抑是否定这种内在需求。每一个人都期望自己能够将灵肉相调，使柔情挚爱和肉体的欲望交汇融合。这乃是具有深刻的反省能力的哲学的爱之境界。

性爱的完成牵涉到另一方，便产生了配合的问题。十分不幸地，现代的男性爱情行为，正像弗洛伊德所说沾染了浓厚的心理性无能色彩。是否能够使女方满足，固然一直是男性十分敏感的事，否则男子雄风受挫，其沮丧远远超出床笫范围。但是由于过去人们一直以为"性"是丈夫的权利、妻子的义务，男子的心理压力绝无今日之巨。

当代的妇女运动，使女性也一样可以享受性，这益发使得男性发生了"心灵的去势"，从事性的撤退。

男性的性无能可能是生理性无能，也可能只是心理性无能。前者多与机能本身或其他病疾相关；而后者则可能是来自生活的压力、新的性伴侣，甚至被对方某种气质所抑制的缘故。

性的作用在当代被看得十分重要。一个爱吹毛求疵的妻子，很可能被认为是由于性的不能满足；而一个畏缩的丈夫也可能被目为性无能的表现。但是尽管我们并不否认两性关系中有许多与肉体相连的事物，但性却绝非唯一的功能。

我常跟朋友们说，有良好的性的夫妇，未必拥有美好的婚姻；而有美好的婚姻的夫妇，却一定有良好的性。《旧约》里说：去与他的妻子相处，这样柔情与肉欲才能合而为一。这的确是一个真实的诠释。

生理的爱和哲学的爱结合在一起的情侣，总会觅得让彼此满足的最佳方式。

算命

　　我想，真的，女性是特别爱算命的。每逢纯女性的聚会，算命往往成为主要的话题。热衷的原因是女性的命运，比起男性来，仍然是他律的，而并非自律的。

　　换句话说，左右女性命运的外在因素仍然太多，虽然许多新女性都做起自己的主人，仍然有不少女性，将自身的命运归诸偶然和机遇。

每见一个受过教育、具有生活能力的女性，却将爱情和婚姻诉诸命运，挂在她们口头的竟然是算命先生说我几岁要结婚、一生要结几次婚、情人是何种类型种种……对于这些不去主动掌握自己生命取向的人，在悲悯之中亦有反感。

尽管我也相信每个人对于自己的命运都十分关心好奇，但是把一切过分交给命运，便属盲愚。在人生达到成熟时期之后，一个人多少也能够算好自己的命，而不需要再去求神问卜了。

然而，要能够识透这毕竟笼罩着我们一生的命运，实在不易。照理说人类越文明，命相的影响力亦随之降低。但是在紧张的现代环境里，工作、生活、感情甚至健康，全都由于情绪上焦虑不安显现出病态，信心大受打击，反而流行起算命来了。有趣的是小事如此，过去美国白宫上至里根总统夫妇、下至幕僚人员亦多有笃信星相命卜之人。

其实，算命不管是妄是真，听听他人言，多少也具有一些参考价值。只要在态度上不是把算命结果，当成掷出一把命运的骰子，也无伤大雅。

有的人在迷惘彷徨的时刻，与其说是在祈求神明，不若说是在寻找一种方式，来肯定加强自己的决断和信念。虽然，这种做法在明眼理智的人看来，不免迂腐荒唐，但未始不怀有一种对于命运的虔敬和复杂的心理过程。

用着一种堂皇的男子态度去爱人的包法利夫人，固然遭受到命运恶意的作弄，但是在福楼拜的笔下写来，却是如此这般血性气质的女性的必然结局。

在今人所写的小说中，《法国中尉的女人》是约翰·福尔斯所创造的一个具有鲜明强烈个性的女子。小说的迷人和特异之处，是他创造了开放的不同结局。似乎在这儿，我是可以将其解释为我们毕竟掌握着自己命运的能力。

人对自己所做的事总有两个理由：一个是最好的理由，一个是真实的理由。

一个具有信心的人，不但相信"立命之学"，将命运操宰在自己手中，即使对于爱情也抱持信心，因为信心乃是贯穿全人格的表现，并非仅仅指向独立的某一事件。

一个过分相信命运和缘分的人，无疑是把责任和感情交付在他人手中，是夸大了机缘和机械的偶发事件在人生中的作用。这样非但强调着依赖命运的负面结果，而且，是在肯定爱是一种几乎必然的荒谬和错误。

心理学家将人们区分为"内在控制型"和"外在控制型"两种人格。前者是指高度自主的人，能够发挥自己的正确判断和实行能力，主宰自己的生命历程；而后者的生命则受机缘、运气等外力所控制，并且全然无法抵挡控制。

一个凡事被动的人，爱情上的表现亦然，这无疑是在背弃生命。而且放弃成为习惯，凡事不肯尽力，亦意味着一切人生的目的，包括恋爱，会随着时间失去了吸引力和实现的机会。

现代婚姻

有一年初冬，在开满淡紫色洋紫荆的香港中文大学的山径上漫步，遇见被友人们推崇为人间仙侣的一对在加州大学伯克利分校教语言学的小夫妻，看见两人温柔相待的缱绻之态，直教人感到甜美。

他们俩都是爱好花卉的人，婚姻生活中的情感，便也就是需要莳花的勤殷，绝非幸致。

世上的好姻缘，远比我们晓得要多，因为拥有幸福家庭生活的人，用不着鸣鼓敲锣。而这种幸福，乃人间至福。无怪乎歌德要说，世上唯一幸福的人，就是家庭生活幸福的人了。

我的父母、姊妹都拥有美满的婚姻。尤其是父亲，于我生母去世后再婚，两次婚姻非但都不曾与伴侣口角，连提高嗓门说话都未曾有过。这除了常人说的运气之外，亦不能不考虑当事人的修为了。

婚前寻找一个适当的配偶，婚后去做一个适当的配偶，可谓是婚姻生活最为简明的警语。婚前，具有结成永久关系的诚意和共识乃是大前提。结婚而未结同心，自然约束不了感情无常的变动。婚姻固然不是爱情的必然结果，至少是最为圆满和受到祝福的状况。

巴尔扎克说："在人类所有的知识里，最落后的莫过于关于婚姻的知识。"时至今日，这依然是值得我们与时并进而思考的大事。

相信每一个人都唱过婚姻的反调，在我们的一生里，几乎全经过叛逆和反社会倾向的时期，而与异性之间关系的不圆满也是主因。不过，尽管今日非婚姻之爱的限制已明显地松懈，罪恶感大为减低，性爱已获得较为独立的发展，婚姻制度却不曾消失，亦无法找出替代。

这是因为婚姻具有促进配偶相爱的更高目的，使两性产生共同生活和抚养子女的欲望，进而将个人本能塑造成社会感情。

婚前的性关系、同居、同性恋、外遇、交换夫妻，以及单身人口增加、高离婚率，其中包括多次离婚、结婚种种，使得人们相信婚姻制度出现崩溃瓦解的危机。事实上，社会学家们却相信这些多孔道的爱和婚姻的不同形式的发展，不过在修正传统婚姻的封闭性，实为婚姻的支柱而并非腐蚀剂。

人类的本能，是在性的多对象好奇和追求之外，仍然存在着等量的安定性的渴求。因此基本上今天的男女依然维持着一对一的局面，并持续着长时期的亲密关系。

这一切只说明了婚姻的本质和内涵的确发生了巨大的改变。现代人的婚姻比较倾向于更为理智的结合，将过去爱情和婚姻之间的等号去除了，反而更能让真爱发生，并且在体现婚姻生活方面，也更能做出快乐的适应和完成。

公主与王子结婚之后，故事并未结束，生活却真正开始了。奔腾的热情已化作涓涓细流，那是综合了性爱、友谊和尊重的一种深情。

我一直笃信婚姻是一种投入，需要一种近乎宗教的情绪和精神。婚姻生活是一种持续的完成，需要不断的创造。将难以捕捉久留的爱情，投置于彼此托付终身的婚姻信诺之中，并以一莳花的心情，栽培于日常生活的泥土里，的确是超过爱情的倦怠和虚无之感的永恒调和的表现。

就像向一个人求婚是对此人最高的赞美，婚姻本身亦是对爱情最高的礼赞。

新贞操

　　爱情上一个十分有趣的表现，便是种族学家所谓的"领域标示"。这也有点像小孩子游玩时说的"我找到的"一样，意味着属于自己。爱的归属理论中，便蕴含着强烈的独占性的欲望。一切恰好与著名字画相反，盖章题署绝非多多益善。

　　在性的关系几乎变得垂手可得的今天，婚姻的目的亦不再以性为主要依归。由于罪恶感的低释，婚前和婚后的性关系亦变得十分普遍。那个触目惊心代表通奸的猩红A字，在今日已失去警世作用，而霍桑在这部不朽名著《红字》里，对于男女主角心灵所背负的深锐痛苦的描写，亦不复于当今红尘男女身上再现。

还记得小的时候，有一个女同学的名字叫"守贞"。女以"贞"为名原本寻常，但是这样直截了当地明说，教人不能不感到贞节对于女性的传统制压。以至于不管当今女性对于贞操持何种看法，亦难免不无反感。

可叹的是过往程朱所标榜的贞操，指的不过是"处女"和"从一而终"，而且这两者全属女性片面的贞操而言。

鲁迅曾指出"社会的公意，向来以为贞淫与否，全在女性"。性事之于男性足以夸耀，在于女性却是羞丑。

贞操无异于套在女性身心上的枷锁，前人所标榜的贞节牌坊，不知荼毒了多少女性的生命和爱情自由。翻阅史籍，那一个个跳井投河、上吊仰药、割耳切肉式的所谓贞烈，实在愚昧得令人发指。

前几年，在纽约看过被目为当今程派大师的赵容琛所演出的《碧玉簪》，舞台上那个贞操受到怀疑的楚楚可怜的小女子，令人又气愤又悲悯。

古今中外的各种形态的社会里，似乎都把处女膜和守身与贞操混为一谈。直到今天，处子及贞洁对于女性远比男性更为主要。

我一直认为真正的贞操，指的应该是对于爱情所表现出来的专一意识。

诗经里面所歌颂的"矢志靡他"的坚贞爱情，是多么高洁美丽的情愫！

而印度诗人泰戈尔所说的"贞操是从丰富的爱情中产生的财富"，亦令人感到信服。

新近又读哈代的《德伯家的苔丝》。苔丝具有真淳的品格，早已成为贞洁女性的代名词了。但是在剔除掉哈代小说中一贯的命运拨弄的因素之后，我们发现在这个悲剧里，迂腐世袭的贞操观乃是形成悲剧的主因。

在这部名著里，我们目睹纯挚的爱情被狭义的贞操所毁。当远适他国的男主角回心转意，前来寻觅苔丝的时候，她决然地犯下杀人罪与他同逃。然而世间已不再为他们的爱情留下共生的余地了。苔丝最后终于被捕，并处以极刑。

贞操的真正意旨，应该是对于爱情的信守和纯情。比起青春年少的纯洁，那些历尽沧桑仍然能够保持真诚爱情的人，则显得更为难能可贵了。

人类对于爱和性的对象，自然便具有某种程度的选择性，再加上心理上难以去除的嫉妒，二者均是爱情的稳定剂。但是真正的贞操则是人和天性使然，美则是最好的约束。如果一个人不洁净，他的爱怎么能够有深度呢？

现代人已不需要贞洁牌坊，守贞乃是为自己而守。一种心灵上对于现在，甚至过去和未来的爱的尊崇忠诚，使得我们甘愿守住肉身，乃是对于完美爱情的期许。世世的男女皆然。

回报

　　虽然是过着一生以来最为清净的生活，但是在极少的人际往还之中，还是常见人们爱的烦恼。比方说，有一个夜晚，与二三女友谈叙，年纪最轻的一个，便问起爱是否应该求取回报。

　　这样的迷惘，凡是走过爱的艰难路途的人，想必都有深刻的体验。如果，我们能不计回报地挚爱一个人，不是十分高贵的么？这样的想法，是尤其当我们陷入两方爱情表现不均衡的局面之时，最容易产生的矛盾情绪。

的确，自我牺牲，是爱情世界里最为优美的情操。像《双城记》里的男主人翁代替爱人的丈夫上断头台那样。但是，如果这种意愿发自盲目或冲动，则属枉然。尤其是当牺牲的行动，只是缘于自身无法自拔于沉溺的苦情，不过是愚痴的无望之举罢了！

歌德的那句有名的话："我爱你，与你何干？"其实是在安慰自己失恋的苦恼。这句话，事实上脱胎于斯宾诺莎所创造的"不求上帝回报的情操"。然而，这个陈义过高的理念，即使在宗教的表现上亦非如此，那些爱上帝的信徒不是全都在期求神祐么？更何况是男女之间小小的私爱呢？

爱人乃会求取对方的回报，原本是爱情的本意。

两性之爱，求取的便是身心两方面的平衡与满足。这种看似平凡的结合，却含蕴着最为原始和伟大的爱力，借以推动人类的繁荣和世界的运转。我们把生命力集聚在一位异性身上，共赴此生，实在是扫除恐惧焦虑的美好自然的途径。

一份不能得到回报的爱，无论基于何种因由，由于不能供给上述的满足，即使对于一个爱能很大的人，也是一种痛苦，或者至少是病态。甚至，我们可以这样说：高呼爱情不求回报的人，实与个人的心理和生理相违，那只不过是屈从一个美好抽象理念的空言！

再者，我们尚有更强的不该这样做的理由——因为我们期待和珍视真正的爱情。一份不被珍惜的感情，即使借着爱之名，亦无异于浪掷，又有何益呢?

"爱情是施而非受"已然像金律一般为人们所奉行，不管实行的情况如何，至少一般咸信"施"比"受"更为高尚，致使人们往往强迫性地选择这种克己的行为。问题在于以牺牲的态度施与他人，必然导致痛苦，因为不具私心的爱情几乎是不可能的。

何况，"施"的真义在于能够从爱产生爱，是一种爱的交换。换句话说，这种可以产生生命的施予活动，唯有使受者亦变成一个施者，才是真正圆满的爱情表现。虽然我们相信"施"是一个人潜在能力的最高表现，然而却不是单行道，唯有使"施"与"受"的行为发生交流，才意味着真正的爱情。

朋友，也许你正在为着一份不能寻求回报的爱情而勉强付出，那么，就请你先拯救逐渐消瘦沉沦的自己吧!

因为，一个不能爱己的人，徒然奢谈爱人。还是早先那句话，正是因为我们珍惜感情，我们才不浪掷感情。而，所谓爱的回报，也只是爱情本身。

亲密

思念你最为殷切的时刻，却并不是因为心灵恒常存在着属于自己的无限的孤独。恰好相反，一如往常，每当感觉美好，缺憾便会重来。情不自禁地幻想你在身边，向往着一份亲密。

人都会有一种与人"亲密"的向往，或且说是需要，更为恰当一些。

心理学家曾经给"亲密"下过一则定义："彼此自我暴露，

及其他类型的语言分享。"

一份亲密的友谊在于深交，爱情更是如此。亲密是两性之间，在经过身心的交融之后，所发生的综合产物。这是一种"打破隐曲"，使得双方在彼此面前，能够自由自在地表达自己、作为自己。情侣之间，存在着一种属于他们自己的特殊的共同语言。

两个真正相爱的人，必须进入互相知悉认识的层次，互通款曲，亦包含了解彼此的秘密在内。否则我们便无法深入对方的内心，进而相互分担隐忧。肤浅的认知，是无法让人深切感应到对方身心上真正的需要、恐惧和感情的，当然亦无法克服两人之间的分离，而达到真正的结合。

虽然向往亲密，然而，无可否认地，人们亦十分惧怕经由暴露自我，来达到与人亲密的关系。

现代的人已经开始尽量避免用性别区分裁断事情，但是心理学家依然提出男人害怕亲密的观点。这是由于女性畏惧无依无靠，因此女性在她们信任的人中会有亲密的朋友，而男人则害怕暴露，而难与人建立亲密的关系。

其实，不仅是男人，每个人都惧怕暴露自己。现代的人，男男女女都把自己包藏得十分严实，这是因为被人知悉、掌握住个人的秘密是危险的事。由于在了解他人的秘密的同时，亦存在着反叛和毁灭他人的可能性。

我们常常看见两位知交一旦反目，正是由于互相掌握对方的大量隐私，因而对彼此的攻讦之恶毒尚要超过常人。情侣之间，变数较之友人尚要为巨，也难怪人们趑趄生惧了。

在间谍、侦探和悬疑小说之中，被杀的人物总是因为"知道得太多"。但是爱侣之间却有一个迥异于此的重要因素存在，那是由于我们想要知悉对方是基于爱，而并非一般人对他人事物所发生的好奇心，后者只能说是一种不洁的劣根性。出发点不同，有益和有害自然区分出来。

互相倾吐秘密进而达成亲密，乃是双方的一种认同作用。裨使两个人密切交感，终能从了解和尊重对方的人格和价值里，做出良好的适应。我们真正爱一个人，可以同时是因为他的坚强，也因为他的软弱。灵魂上的探险活动，非但深刻体验到对方，亦有助于了解自己的真相。

人们对于战乱期间，男女之间容易发生爱情感到神秘不解。

我想这是由于面对一种更大的恐惧，相形之下，暴露自己，在生死未卜的情况之下，变得藩篱尽除的缘故。

其实，人不需要在面对死亡之时，便能知道自己乃是血肉之躯，以及作为人的局限性。

相爱的男女，在冷酷的人间世里，本应具有相濡以沫的情怀。在爱的前提之下，彼此不以弱点而看轻，反而爱得更深了。

我一直为一部日本电影的片名《卿须怜我我怜卿》而莫名地深深感动着，虽然我没有看过这部电影，光是片名，也已足足够了。

宁为爱者

我的一位年轻的小说家朋友，在他的新作里，引用罗切考佛特的名言："真爱就如遇上鬼，我们都对它的存在坚信，却没几人真的见到过。"读这句话因而失笑的人一定很多，其嘲谑和犬儒的意味与原语共同一致的怕也不少。

这是为什么呢？

因为爱并不是普通发生的现象，它是一种特殊才能，是深刻灵魂才能得以体验的情感。

一个人是什么，他的爱就是什么。真爱发生于深刻的人。一个浅薄的人，他的爱情又如何能够深刻呢？毋庸置疑的是，爱是一种能力，一种成熟以后才完备的能力。俗世男女，坚持和满足于因袭的概念和例行生活，他们所实行的爱，便亦如此。真爱，是两个有能力的心灵之间的无限丰融的关系。

犹如创造力，爱亦是一种心灵的力量。爱，肇基于人格的充分发展。我们可以将一个人施予能力的表现，视为此人潜在能力的指标。一个有爱的人，便也能够爱周围的人、爱生命、爱世界。许多时候，只要观察我们所爱的人对待他人的态度，便能洞悉对方的人格，以及作为一个"爱者"在能力上的等级了。

甚且，还只是数日以前吧，尚有友人表示愿意安享于被爱者的地位。寓于言外的，自然是认为我的境地堪怜自苦之不值了。我想，真爱比见鬼还要稀奇，便也是出自我们宁愿被爱而不愿意去爱的心理。

简单地区分爱者与被爱者，亦即是施者与受者。

由于爱情是一种主动的活力，而非被动的失陷，因此朝向爱的对象做出积极的付出，乃是本愿本能，而绝非一味地消极收受。

同时，施予的意义并非在于剥削自己，真正的施予附有强大的生命力。因为施者的施予行为，非但可以令其经验到自身丰富的潜能，并且将生命力擢升，达到真正快乐的境地。而且借由施予行动，尚能激励受者产生互动作用，变为有施有受。由受生爱，进而导致一种理想的爱情境界。

个人生命的完美程度，固然与爱情实现未必可以画下等号，至少具备了可能性的资格。

写下真实、炽烈、美丽诗篇的古希腊女诗人萨福，本身便是一个热情的"爱者"。她的最后归附于神和自毁其身，绝非因为爱情没有回报。她早已攀上爱情的高峰，不再为失爱而悲叹，她叹息的仅是那个配得上她爱情的人未生于同世。

因为神圣的爱情，只会发生在具有完整、深刻而又广阔的灵魂的人身上。

恋人之间，一个是"爱者"，一个是"被爱者"的局面，并非真爱。尤其是一个抱着情愿被爱而不去爱的想法的人，在爱的世界是一个令人轻视的低能者。

一个人能为爱情牺牲付出的越多，越有韵味。当然，这绝非指的是一些内在贫乏的人，所做出的自苦的牺牲。

第一次了解到作为一个"爱者"的精义，于我心中充满着重新坚定起来的虔诚。使人顿悟了纯洁，不是没有爱过，而是懂得了爱。

一生的爱

为着爱情，这样絮絮不休，也许会造成许多认为世上尚有远比这事更为重大的人的厌烦吧？何况，俗世之见，似乎也以为这是女性才会关切的课题。

之所以如此的缘故，恐怕最主要的原因是人们咸信那只是男女适婚的求偶期间的特殊表现，是年轻人的特权。事实上，爱情确是一件重大的事，而且是一生一世的事，它应该涵括在整个人生的过程之中。

比方说，一生在恋爱中成长的歌德，于七十三岁的高龄，尚爱上一位十六岁的女郎。非但勤写情书，努力追求，并且提出求婚。虽然此事没有成功，但是他却向笑话他的世人辩解道："我以为爱情应该无分老少，只要男女双方有意相爱，便是最为高贵的事。我的一生完全沉浸在爱情中。我的写作基于爱情，没有爱情，我是绝对写不出作品的。"

还记得马尔克斯在获得诺贝尔文学奖那一年，就表明他要写一个圆满的爱情故事。他驳斥世人轻视"爱情小说"的看法，同时反诘爱情的悲剧传统。这项质问虽然有些强词夺理，至少却在正面肯定爱情。同时，他亦颇有信守地实现自己的承诺，写成一部令人感到温暖的爱情篇章——《霍乱时期的爱情》。

这是一部稀有的关于暮年的爱的小说。

在一篇访问稿里，他曾谈及书中男女主人翁的原型得自他的父母，以及报纸上看到的一则动人的新闻主角。这作为模特儿的后者，是一对老年的恋人。他们过去四十年都一直避人耳目，在相同的地方每年相会一次。直到他们遇劫，遭受杀害，才揭露秘密。

从这个真实的故事里，我们亦被告知：人类爱与被爱的需求并不能够以年龄划分界线。只要活着，便具有这种需求，人人都需要爱情来滋润生活。许多失去配偶的老年人，若果不曾寻得新的伴侣，便会活在旧爱之中，以精神上的爱恋为寄托。

曾经在杂志上读到一篇有趣的文章。作者花耗一年时间扮成老妇，混迹在纽约一群孤老的女乞之中，探讨她们的心曲和生活。在阳光晴好的中央公园长椅上，女乞们纷纷表示她们渴望的并非别的，而是拥抱。换句话说，她们最感欠缺的乃是爱情。

爱情，绝非通俗小说和肥皂剧里所描写的仅仅属于俊男美女的事。这些小说和剧目的永远受到欢迎，恰好揭示出缺乏爱情的读者和观众，经由间接的参与来获得爱情情绪的满足。因此，这项事实亦成为爱情生活的重要性的一项证明了。

爱情，永不嫌迟。在人生的每一个阶段皆具有不同的姿影。爱情的感觉，并不会随同年龄一样老去。只要生命力和创造力仍然存在，爱情永远可以发生。美国的名作家亨利·米勒在九十岁的时候，仍然给他美丽的布朗达写出热情如火的情书哩！

永远不要放弃追求。爱情是以一生来持续修习的必修课。也许只是在一念之间，你的世界就转为美好多情了。

爱的未来

你就是我所要寻觅的那个人，为我所订制的人。

在今天这个快速纷乱的年代里，这是不是太古典浪漫而又不切实际了呢？现代的人遇合匆匆，少有停伫。然而，我却相信唯有专一的情，才是真实品味的情。弱水三千，但取一瓢饮，读来仍然令人感到像初识般动心。

在所有爱情的故事中，最广为流传和美丽的一则，便是希腊神话所述：人类原本具有两性的特征，被造化之神切分为二，因此，被切离的两半恒在互相寻求彼此，以期恢复原来的一体。

也许，在中学时代，你也唱过一首《追寻》的歌曲，那里面的歌词放肆露骨，曾经令少女的我万分惊讶。现在，却恍悟人的一生也不妨说是寻爱的历程。

恋爱也和其他一切的事物一样，已经进化了。在原始的社会可以说是不解爱情的。

分析荷马史诗里的亚智尔，当人们夺去他的女囚伯利雪斯的时候，他的愤怒在于尊严受损，并非恋人的伤心。

不同的时代，爱情的表现的确具有不同的风貌。

经过了近代的性革命，现代人对待爱情的态度，由禁欲的清教徒，到公然的杂交团体并存。

有人偏爱贞洁，有人崇尚开放，有人则守中庸之道。对于各种不同形式的爱和婚姻、不同文化层面的生活方式，我们势必以容忍的态度加以接受。我们没有理由坚持人们一定要遵循何种生活方式，这是开放的社会里面应有的开放态度。每个人的快乐标准和途径有所不同，方法自然亦是互异。

网站寻爱、电脑择偶，连爱情也进入E时代了！尽管人们追求着迅雷急雨的短暂因缘，但是却无法否认独立感和亲密感同时需要体验，人的内心深处莫不期盼有人与之互相归属。

许多科幻电影里，性欲已可以获致非性的满足，甚至医药的发达也使得人们通过吃药，可以得到浪漫的爱情幻觉。但是，人类并非这样简单和容易满足的动物。

人类是太聪明了，机械的可以预期的反应，永远无法餍足他们的灵欲相调的至福至乐。除非一个十分低下简单的人，莫不指望与某人深交，从事灵魂上的探险。

即使是网上择偶，也在努力寻觅与自己天造地设的另一半，相亲网站不是努力在种族、年龄、教育、信仰、社会阶层、各种态度、人格特征的类似性上做出正确的选择么？时代巨轮无论如何运转，爱情仍然无法以任何事物替代。

不管新潮的男女如何演出他们的爱情，有趣的是爱是教人爱而不是教人懂的东西。

从美国政府最近发布的一项研究显示，尽管同居而不结婚的人口已越来越多，但是他们绝大部分仍然选择维持一对一的亲密关系。这其中人类天性里的爱情独占性，和性病的侵袭相信都是主因。

更为令人感到惊奇的则是另外一项全国性的民意调查又显示，对于绝大多数的美国人而言，老式的爱情仍然是最大的结婚动力。百分之九十二接受调查的人说，"爱"是结婚的第一个理由。

将肉体欲情提升到神奇美好的精神生活境界的期望，并未在我们的时代死去，亦未曾被肉体之爱的小狡狯所尽占，爱情仍然是每个人最为美丽的梦想。

愿你一生一世活在爱中。

后记

情侣路的尽头

林清玄

广东珠海的海边，有一条情侣路。

情侣路以木头搭建，沿着海岸，曲曲折折，很长很长，几乎看不到尽头。

情侣路是珠海的情侣最爱散步的路，因为感觉非常浪漫，海岸的景观也特别的优美。清晨和黄昏，海面上都会起雾，人朦胧，树朦胧，大海也朦胧。

情侣路的名字特殊，又是特别的漫长，一路走去，不是情侣也成为情侣，是情侣就走成了夫妻。

我到珠海就特意去走了情侣路。

不过，陪伴我的不是情侣，而是老朋友曹又方。

曹又方在珠海买了一幢小房，拉开窗就可以看见海以及海边的情侣路。从小阶梯下去，一刻钟就可以走到情侣路了，可以向左，也可以向右，不管向左向右，仿佛都没有尽头。

"我每天清晨，吃完早饭，就会到情侣路来散步，一直走，一直走，走到满头大汗，累了，就沿路走回家，但没有一次走到尽头。"曹又方说。

她告诉我珠海的四季，每个季节都很美，非常适合居住，特别是这条情侣路。

"我爱极了这条路，在外地还会想念。"

我们便慢慢地随意地散步，享受从海洋吹来的咸咸的风。曹又方转过头对我说："我很喜欢你很多年前写的一篇文章《运动最补，饿最好吃》，当时没有在意，这几年才发现这两句很真实。运动真是最好的补药，饿的时候，任何食物都好吃。"

曹又方是生了大病之后，才搬来珠海的，当时选择珠海，是因为它最像台南的环境；其次，是离上海近，她的主治医师在上海；再其次，是离澳门更近，每个月可以到澳门的饭店享用美食，转机回台也很便利。

最最重要的理由，是她在珠海可以专心地写作，希望在人生的最后时光，写出她一直想写而没有完成的作品。珠海人生地不熟，不会有人打扰她的写作。她在珠海请了一位阿姨，帮她打扫、料理三餐，生活十分写意。

我们从情侣路散步回来，曹又方叫那位从陕北来的阿姨下饺子请我吃，还烧了几道可口的小菜。阿姨的厨艺很好，人也朴实。

她在珠海的房子只有两居，却是一尘不染，书架前摆了一排纪念品。她拿起一尊弥勒佛像说："这是你送给我的，笑得真开

心。每次看到就有好心情！"

我想起，这好像是曹又方第一次动大刀，手术十小时之后醒来，我带给她的礼物。原希望她能亲近佛法，后来她告诉我，她的宗教是文学，佛像就成为纪念品了。

她在珠海的生活比台北清静，但她性情真挚，爱交朋友，在珠海的社交圈也很活跃。我在珠海那几天，她每天呼朋唤友，轮流请我吃饭。

珠海虽美，但曹又方更长的时间待在上海，她每隔一段时间就要回龙华医院就诊，又在上海接了每星期要开录的电视节目。由于长期住在上海，她对上海好玩好吃的地方如数家珍。我有一段时间也在上海录节目，我们都觉得制作单位的饭可怕，经常相约去吃馆子，通常由她点菜，她点的菜都是清淡爽口的，非常好吃。

我的工作则是环顾餐厅，看到有人吸烟，就上前说："对不起！我的朋友对香烟过敏，可不可以请您别吸烟！"因为，曹又方病后，一丝烟味也受不了。

如果我们到了北京，她就会约她的儿子出来一起吃饭。当时，她的儿子在中央电视台工作，担任外文审稿，曹又方很以儿子为荣，对孩子也非常慈爱。

有一天我对她说："看你对儿子那么慈爱，感觉不像是我认得的曹又方！"

她听了哈哈大笑。

确实，我认识曹又方早在一九七七年。

当时，导演徐进良刚从意大利学电影回来，找我写电影剧本。我和吴念真、陈铭磻一起写了《香火》。

电影拍完，徐导演在家里办了一场酒会，说要介绍一些精彩的人和我认识。

曹又方也参加了那场酒会，她走进会场时，几乎所有人都屏息了。只见一个长发美女，一阵风飘进来，穿着一袭黑色纱衣，短皮裙，一双长到膝盖的皮靴。

那时，她还叫苏玄玄，在一家时尚杂志当总编辑。徐导演介绍我们认识，才知道她是我世新大学的学姐，又对文学有兴趣，我们便聊了起来。

没想到，谈到一半，她突然脸色一沉，走到玄关穿皮靴，"唰"的一声，皮靴一拉到底，昂着头，一句话也没说，就走了，真是酷到不行。

我问徐进良："怎么回事？"

他说："应该是看到不喜欢的人，苏玄玄就是这个脾气，玄之又玄呀！"

经过三十几年，曹又方的脾气还是没变，我们在内地一起走过三十几个城市，常常要和地方官员和接待的人应酬，曹又方都不参加。她总是称病，大家知道她身体不好，也不会勉强。所以，所有的应酬都是由我一个人承担。

她不只不应酬，还不假辞色。例如接待单位安排给我们的饭店太差，餐厅不理想，她常常立刻变脸，直到更换到满意的饭店

和餐厅为止。她这种据理力争、追求完美的精神虽然不免令人尴尬，却使我感动。

我们在内地会一起演讲，是因为我们有共同的经纪人。她安排我们走过很多省市，河南、河北、辽宁、广东、江苏、浙江、四川、北京、上海、重庆等，所到之处，无不轰动。

当初，在设计演讲时，经纪人询问我的意见，我说："你不必管我这边，只要曹姐可以，我都可以！我和曹姐的交情，非比寻常呀！"

因为层层的关系，我对曹又方总抱持着一些敬意，我们时相往来，却不是那么亲近。

在内地工作，才使我们亲近起来，她也才敞开心胸，常和我谈到她的父亲、继母、前夫、儿子等家人以及朋友，甚至谈到从前的几个爱人。她对我说："我这一生就是喜欢美男子，如果长得英俊，又有才华，又高大英挺，我就完了，一辈子都为这个受苦。"

有一次，我们在辽宁巡回演讲，坐车经高速公路，看到一个牌子上写着"岫岩"，她说："这是我的故乡！"

"还有时间，我们绕过去看看吧！"我说。

曹又方说自己回过一次老家，感觉不怎么样，"但既然路过，就进去看看吧。"

岫岩是一座老城，以产玉闻名。我们绕到城区，见两边都是卖玉石的，下车一看，都是普通的玉石，仿佛台北假日玉市所见。大约看了十分钟，曹又方说："走了吧！"

我们继续行程，她在车中静默了很久，突然说："我不是岫岩人，我是台南人！"

"我们这一代的人，其实没有老家，也没有故乡的！"

曹又方一生都在流离，从东方到西方，住过许多不同的城市，即使在同一个城市，也不断地在旅行。

我开玩笑地说："你的曹又方不是方圆的方，应该说'此曹又到远方去了'！"

她听了哈哈大笑。

我曾和曹又方到菲律宾小岛旅行，一个下午，她心血来潮，说："从来没在海边打过麻将！"于是找服务员把桌椅搬到海边打麻将。开打的时候，海滩是干的，打了四圈，海潮涨了，我们只好盘腿继续打，最后淹到椅子，才弃守。

曹又方不只令旅行充满惊奇，生活也如此。记得她的安和路旧居刚装修好，她花了半小时给我解释，她如何把卧室的墙改成弧形，只是为了一个念想："我想要一道弯曲的墙，为什么墙一定是直的呢！"

她生了大病，做了十几个小时的手术醒来，说的第一句话是："真想喝一碗鼎泰丰的鸡汤！"

她举办"生前告别式"，执意在活着的时候出版全集，六十岁后移居内地，在演讲时大谈生死，等等，都是惊奇的结果，也使得她的一生都活得精彩。

她表面理性，内心却非常浪漫热情。我再婚后复出，出版《生命中的龙卷风》时开了记者会，由曹又方主持。她讲着讲着，讲到"林清玄是一个非常好的人，却受到这么大的曲解……"突然哽咽无法言语，眼泪像珍珠一串串落下来。

现场的记者都受到惊吓，因为出版界的女强人，几时在人前哭过？但她就是有侠女的个性，路见不平，就要拔刀相助。也因为那个记者会，我们真的成为坦诚相见的朋友。

有一年，我们在辽宁巡回演讲，到了丹东，丹东隔着鸭绿江就是朝鲜，到了夜里，丹东灯火辉煌，朝鲜却是一片暗淡。我们沿着鸭绿江散步，曹又方突然有感而发："不只是两个国家完全不同，人的心灵也是这样。有的人心里一片荒芜，有的人心里一片辉煌，可惜的是荒芜的人很多很多，辉煌的人却很少很少。"

接着，她意味深长地说："清玄，你和淳珍的爱情，以后一定会成为美谈，那些中伤过你的人，不会有人记得他们的名字！"

我内心受到深深的震动。我们就默默地在风中行走。

就像我们在珠海情侣路的散步，再长的路也有尽头，曹又方走到了路的尽头。

曹姐，路的尽头是有形的，起点是无形的，我深信您会继续前行，迎接您的一定是一片辉煌！

本文摘自《为君叶叶起清风》（河北教育出版社二〇一四年版）。特别感谢林清玄先生以及台北的九歌出版社。

渴望的艺术

李炜 著　于是 译

关于比亚兹莱（Aubrey Beardsley），最值得注意的是他的卒年：辞世时才二十五岁（图1）。

紧接着这个岁数的是另一组数字：在仅仅六年的艺术生涯中，他创造了上千幅让人过目难忘的画作，还招来了大批的模仿者，甚至伪造犯。

这么说虽然正确无误，听来却有陈词滥调之嫌。在那些整天和他混在一起的人眼中，甘于庸常就等于冒犯品味。

所以，更好的开头是他死于肺结核。更好，因为这几乎是那些天妒英才而早夭之人的首选。要是济慈没死于肺结核——而且还跟比亚兹莱一样，二十五岁就离世了——他岂有可能成为大众心目中最具代表性的浪漫诗人？

想象一下这种病人独有的苍白肤色，急喘的呼吸，持续到凌晨的干咳，最终沾满血迹的手帕。这些特征难道不就是让小仲

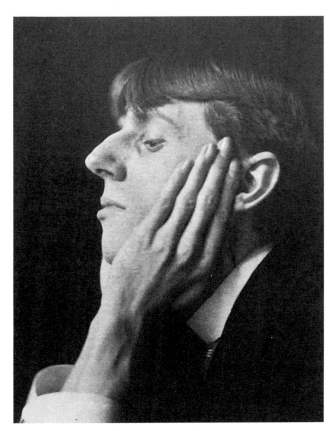

图1　比亚兹莱，约一八九五年

马、曹雪芹乃至古龙的名字出现在同一个句子里的唯一办法？因为他们笔下最杰出的人物都患有肺结核。这些实际上八竿子打不着的作家都厚着脸皮想要博得读者的同情。小仲马好歹还有托辞：他写的是真人。曹雪芹的借口和云遮雾绕的他本人一样，难以推测。相比之下，古龙的动因单纯多了：钱，纯粹是为了钱。

至于比亚兹莱，他没必要来这一套。天知道他的身世已足以催人泪下，年仅七岁就确诊为肺结核患者。哪怕狄更斯都不敢如此虐待自己小说中的孩童。

不过，话又说回，要是一个人不得不接受死神的宣判，年少时期可能最为理想。毕竟，再怎么聪明早熟的孩子，七岁的时候也不至于怕死。他连什么是生命都还没领悟到。

然而，随着阅历积累，大多数人会越来越害怕最后那一天的到来。但这里也潜藏着一个悖论。恰恰因为死亡的阴霾已笼罩良久，就很容易习惯，甚至淡忘它的存在，就好比生长在海边小镇的人几乎听不到拍岸的波涛声。

比亚兹莱的遭遇莫过于此。他的病在很大程度上决定了他的生活方式。他常旅居其他城市，但并不是因为他喜欢做观光客，而是肺结核逼着他在北风呼啸时离开又冷又潮的伦敦。只有当他吐出血，几乎都要把肺咳出来的时刻，才会开始紧张，然后替自己打抱不平。身边那么多人都可以把生命视为理所当然的事，为何他却不能？

正因为时间极其有限，他才觉得有必要向自己、向整个世界证明：他的存在确实有价值，他的名字不会（借用济慈最著名的短语）"写在水上"，转瞬即逝。纸笔成了他拯救自己的方式，让他疏泄情绪，同时创下自己的天地。

没错，纸和笔。除了画画，他还写作，一网打尽当时最主要的文学体裁：小说、戏剧、诗歌、日记。只可惜，比起视觉艺术，文学创作更像红酒，需要陈年酝酿才有价值。哪怕济慈也不例外。要是他能多活几年，好好探索这个世界，毫无疑问会写出更优秀的作品。

但在现代医学问世之前，时间对肺病患者而言实为可望而不可即的奢侈品。这能解释比亚兹莱为何不遗余力地创作和阅读。英国作家比尔博姆就说过，他没见过任何人像比亚兹莱那样饱读诗书。小伙子的秘笈不难猜到。他没有做事慢条斯理的福气。

他对阅读的热情同时还确保他会一直为图书绘制插画，哪怕在他那个年头，没多少人把插图当成正经的艺术。不过，这种偏见很快就会被淘汰——多亏像比亚兹莱这样的艺术家。

●

关于比亚兹莱的艺术，最值得注意的是它的奇特性：乍看之下优雅，细观却令人难安，迷醉的同时又有点恶心。不难想象一阵阵的战栗沿着早期观众的脊骨震颤而下。难怪不少人未曾谋面就对他有意见。

当然他不会在乎。他曾奉告一名记者："如果我不怪诞，就一无是处。"的确如此。他那么年轻，那么有才华，又那么苦命，没必要忌惮。等到那些被他的画震惊的家伙可以伤害到他时，他不知已经死了多久。

因此才有他那件骇人听闻的作品，绘于他刚出道没多久：一名女子捧着一个男人的头，准备亲吻（图2）。更确切地说，是被砍下的头。可怖的画面出自《新约》的典故。女子名叫莎乐美，男子是施洗约翰。后者反对莎乐美的母亲嫁给希律王（她的前夫是希律王的哥哥）。莎乐美为继父希律王献舞，迷倒了他。希律王赐予她一个愿望。听了母亲的唆使，莎乐美要求约翰的首级。身为一国之主，希律王无法食言，只好吩咐手下砍下约翰的脑袋。

虽然到了比亚兹莱的年代，这则阴森的故事已成了老生常谈，搬出来只是为了提醒世人切莫被美色诱惑，"蛇蝎美人"（femme fatale）这概念——极具魅惑力的女人可以轻易毁掉拜倒在她裙下的任何男人——在十九世纪末的欧洲却风行一时。不少艺术家都绞尽脑汁，试图用最鲜明的色彩表现出莎乐美致命的魅惑力。譬如超现实主义创始人布勒东最欣赏的画家莫罗。又譬如第三帝国创始人希特勒最欣赏的画家斯达克（图3）。

谁有料到，反而是还不满二十一岁、只用黑白两色作画的比亚兹莱独树一帜，不仅把握到故事的颓废气息，还抓住了它的疯

图2

比亚兹莱，《乔卡南，我吻了你的嘴》，一八九二年

图3　左：莫罗，《在希律王面前跳舞的莎乐美》，一八七六年
右：斯达克，《莎乐美》，一九〇六年

狂性。他画出了一个彻底堕落、不止一点精神错乱的莎乐美。但这幅画同时又呈现出难以辩驳的美。正是这种矛盾让大家目瞪口呆。谁有见过如此精妙却又恐怖至极的画作？

正如与比亚兹莱同一时代的王尔德深谙的那样：再也没有比声名狼藉更能吸引眼球了。一位颇有胆识的出版商立即邀请比亚兹莱为王尔德剧作《莎乐美》的英文版画插图。这无疑是年轻画家梦寐以求的结果。他把自己的作品命名为《乔卡南，我吻了你的嘴》，绝非巧合。这句话摘自王尔德的剧本，最初用法文写成，而不是剧作家的母语英文。

就算王尔德一开始觉得跟极具才华的小伙子合作是个不错的点子，他的兴奋也没能维持多久。完稿的作品和他起初的预想大有不同。他觉得那些画太"日本化"了。他坚称自己的剧作更有"拜占庭"的味道。

有没有"拜占庭"风格不好说。天知道那三个字在王尔德心目中意味着什么。但有关日本风的指控倒没有胡扯。当时不少艺评家都一口咬定比亚兹莱的作品缺乏独创性。日本木刻画的影响——尤其是浮世绘——简直像粗体字一样，明目张胆地写在他的所有画作上（图4）。

说句公道话，比亚兹莱并非到东方文化中寻找灵感的唯一西方艺术家。到了十九世纪中期，日本终于打开了国门，开始和西方贸易往来，第一批涌入欧洲市场的货物中就有那些色彩明艳、

图4　左：日本画家鸟居清倍二代，《三都城里的名妓》，约一七四〇年
右：比亚兹莱，《孔雀裙》，一八九三年

图5　左：梵高，《交际花》，一八八七年
　　　右：莫奈，《日本女子》，一八七六年

描摹日常生活（包括情色生活）的版画。就这样，日本风席卷西
方艺术界。就连一向沉静、孤僻的梵高都投入了这股热潮。天生
就有商业头脑的莫奈甚至让他的老婆穿上和服（图5）。

　　考虑到王尔德无时无刻不想要显得时髦，他应该力挺比亚兹
莱的插图才对，为何反而贬低那些作品？答案或许能在作家和友
人的一次闲谈中找到。"比亚兹莱这宝贝的图案就像是一个早熟
的小学生在练字簿的页边信笔涂鸦。"

居高临下是王尔德的惯用招数，但他挑选的词汇却让他露出马脚："页边"。显然，在他眼中，比亚兹莱的贡献无关紧要。事实却恰好相反。在插图的映照下，《莎乐美》的文字部分陡然失色。作家大人竟被一个几乎小他二十岁的小伙子抢去了风头。

年龄其实也能解释两人截然不同的审美观。晚一代的比亚兹莱更不可能被习俗与惯例束缚。他的风格完全是自己拼凑出来的，毫不顾忌影响他的那些作品的年代、传统，甚至载体（图6）。王尔德可不会这么做。虽然他举止浮夸，对文学和艺术的了解却偏保守。他写《莎乐美》的时候，就无法摆脱莫罗那种重口味的象征主义。

图6　左：洛特列克，海报《在卡巴莱餐厅的布里昂》，一八九二年
中：莫里斯，挂毯画《啄木鸟》，一八八五年
右：伯恩琼斯，油画《梅林的诱惑》，一八七四年

再仔细看看莫罗笔下的莎乐美。王尔德试图用文字重述莫罗用颜料表达的内容。如果结果不甚圆满，王尔德至少可以推卸部分责任：戏剧这种艺术形式本来就有点束手束脚，要靠一句句台词才能慢慢展现出效果。唯有画作能一目了然。

所以，要想理解王尔德为自己设定的目标，最好的方式是通过法国作家于斯曼《逆天》中的一个段落。王尔德不但熟知这本小说，还在《道雷·格林的画像》中模仿了它。于斯曼在《逆天》中创造了一名超级审美家。这个纯粹为了艺术而活的虚构角色夜复一夜地站在莫罗画的莎乐美面前，痴痴地看着。于斯曼如此描述这幅夺人心魄的画：

> 她带着沉默、肃穆、几乎威严的表情，跳起了淫艳之舞，为的是唤起老希律王昏聩的感官；她的胸脯起起伏伏，乳头随着项链不断旋转而挺立了起来；一串串钻石在她湿润的皮肤上闪闪发光；她的手镯，她的腰带，她的戒指都发出火花；而穿在她镶着珍珠、嵌着银片、缀着黄金的长袍外的那件护胸甲，每一个网眼上都是一粒宝石，闪耀着像一条条蛇形的火焰，在黯淡的身体上成群结队，爬过玫瑰茶般的皮肤，宛如一群华丽的昆虫，具有耀目的鞘翅，胭脂红的印记，霞光黄的斑点，青铜色的颗粒，孔雀绿的条纹。

这样的写法是好是坏，完全取决于读它的人对华丽辞藻的容忍度。王尔德就极其欣赏《逆天》，把它当成颓废派的《圣经》来读。至于比亚兹莱，如此繁缛的描绘显然与他的画风背道而驰。他只需寥寥数笔就能完成莎乐美。他的版本甚至简化到了雌雄莫辨的程度。光凭这一点，他就能跻身于当时最前卫的艺术家行列。像他这样的思维，一直要到二十世纪才会出现，而且一开始还只是在建筑界，随后才慢慢扩展到其他领域。建筑大师凡德罗将用四个字概括这种极端的现代主义风格：少即是多。

●

关于比亚兹莱的著作，最值得注意的是他的句法，特别是未完成的长篇《维纳斯和唐怀瑟的故事》。不但没有采纳"少即是多"，反而像是于斯曼分支密集的辞藻稍微修剪后的结果：

维纳斯让一盘盘佳肴从面前掠过，一口也不尝，她已被唐怀瑟的英俊迷了心窍。屡次她把头靠在他的长袍上，激情万分地亲吻他；在她小巧玲珑的贝齿触及时，他的肌肤紧实又柔顺，犹如一片无可比拟的牧场。她在兴奋的战栗中抿起上唇，露出牙龈。侧身躺着的唐怀瑟也同样沉浸其中。他从头到脚崇拜她，包括她的衣服，还把脸埋进她亚麻布的荷叶边和褶皱里，鲁莽地打乱了一丛花边。他已难耐欲火，便将她紧紧抱在怀里，借着她的嘴满足自己干热的双唇。他用指尖轻抚她的眼帘，撩开垂在她前额的卷发，极尽千万爱意，如小提琴家在弹奏前会先调好弦般地拨弄她的胴体。

要是这段文字的"色调"有点不对劲，那是因为比亚兹莱写的确实是一本情色小说。或者该说，他是在嘲仿这样的作品。虽然不够"露骨"——哪怕用的是十九世纪的保守标准来看——但这样一件作品还是违背了公认的社会礼仪。不消说，这正是比亚兹莱的目的。他是带着挑衅之意写这部小说的，想要挖苦各种俗套，包括情色方面的：

　　我知道，所有小说家都得把主人公刻画成壮汉，一个晚上可以向女人证明自己的能耐不下二十次。可是唐怀瑟并没有那种庞然大物，所以，一个钟头之后，当（其他人）醉醺醺地冲进房间里来找维纳斯，他的确感到如释重负。

值得一问的是为什么？为何作者要一次又一次地辜负读者的期望？

当年就有人坚称，比亚兹莱骨子里是个卫道士，被赐予——或被迫承受——耻笑世间万物的本领，所以这就成了他的天职。他觉得有必要举起明镜，通过文字及图画向世人昭示他们的真面目。

事实上，再也没有比这更荒唐的说法了。真正令比亚兹莱感兴趣的是扮演贵公子兼审美家这种角色。崇拜最美的东西，培养最高的品位，说最俏皮的话，穿最时髦的衣服：这一切与道德有何关联？它们展示的其实是一个死都想要得到关注的小伙子。要做到这一点，最省事的法子莫过于冷嘲热讽。这多少能解释比亚兹莱为什么不仅拿周边的人开涮，比方说王尔德，时不时还袭击自己的偶像，包括美国画家惠斯勒。

先说惠斯勒的那张漫画（图7）。就构图而言，这件作品毫无疑问头重脚轻，下半部分几乎都是空白。已经夸张的头部又因为一大捆清一色的黑发，显得格外沉重。自高自大到头也跟着大起来的惠斯勒，似乎注定要跌个大跟头。他那双细巧的小脚只有可能帮上倒忙。

确实挺好笑的，但比亚兹莱也实在有点忘恩负义。毕竟，他最管用的那几招都是从惠斯勒那儿学来的。别的不说，他就是因为惠斯勒才发现了日本风（图8）。此外，也是从长辈那里，他才明白可以把画中不必要的因素尽数去除，只留下最关键的几个地方。

如果比亚兹莱绘制漫画纯粹是为了引起注意，那绝对适得其反。大师根本没把他当回事——直到他看到了小伙子为十八世纪诗人蒲柏配的一组插图：

　　一开始，惠斯勒冷漠地看着它们，继而有了兴趣，最后面带喜悦。他慢慢地说道："比亚兹莱，我犯了一个巨大的错误——你是一位非常优秀的艺术家。"小伙子顿时哭

图7

图8 左：惠斯勒，《来自瓷国的公主》，一八六五年
右：比亚兹莱在一八九一年绘于一封信中的速写，
很可能是依据记忆模拟惠斯勒的画作，并称之为"极其优美典雅"

了起来。惠斯勒无以言表，只好说："我是认真的——认真的——真的。"

场景确实感人，但几乎可以肯定是瞎编出来的。英国画家希科特是第一个觉得这则传闻不靠谱的圈中人。他不但是两位艺术家的共同朋友，当初还是他教比亚兹莱如何画油画的（虽然最后还是徒劳：色彩始终无法让比亚兹莱提起劲儿来）。无论如何，希科特觉得故事听起来"不但不像比亚兹莱，也不像惠斯勒会干的事"。他能得出的唯一结论是："当事实不可尽信时，最好还是别载入历史。"

在现实生活中，两位艺术家的关系应该更接近互相仰慕，哪怕惠斯勒的赏识姗姗来迟，无法振奋比亚兹莱的心神。晚辈死后不久，大师协助策划了一场国际画展。他亲自挑选出三十多件比亚兹莱的作品予以展示。要是后者真的是一个多愁善感的家伙，恐怕会在坟墓里哭得上气不接下气。但眼泪就像时间，对肺病末期患者来说是挥霍不起的。

●

关于他绘制的那些王尔德漫画，最值得注意的是，大部分其实是《莎乐美》的插图。尤其耐人寻味的一张是《月亮上的女人》（图9）。表面上看，这是一件极其简单的作品，但它包含了一则十分微妙、以至于很容易忽视的信息。这则信息又是如此阴毒，简直可以上庭起诉。

画中站立一侧的是两名男配角。比亚兹莱用的是他招牌式的中性风格。虽然其中一人表露出性器官，但依然难分男女。事实上，比亚兹莱最初的版本根本没有性器官。至于王尔德，他的大圆脸漂浮在天空中，成了"月亮上的女人"。但这个标题，如同比亚兹莱大部分画作的标题，既不是他自己想出来的，也没有经过他的同意。《月亮上的女人》是出版商杜撰的。性别转换的理由不难猜测：出版商想搅乱思路，以免读者发现胖嘟嘟的脸其实就是王尔德的。

倘若如此，作家大人又是怎么看的？他肯定有发现插图中有一些酷似自己的人物。想必他也明白这些画并不意在奉承。难以置信的是，他竟然没有一枪否决那些插图。这可以解释为王尔德还有随和、甚至大度的一面，但更可能是因为他精明老练，比谁

图9 比亚兹莱，《月亮上的女人》，一八九三年。左侧为草图，右侧是完稿

都清楚，再怎么负面的宣传也是好事。事实上，舆论越差，聚光灯打得就越亮。

所以，至少在理论上，他和比亚兹莱搭档出书是天才之举。两人都能轻易理解对方。两人都把臭名远扬视为出名的捷径。不幸的是，两人都将悔之不及：比亚兹莱要晚点，王尔德更早些。作家大人很快便发现，要是有人谈起他的新作，基本上说的都是书里的插图。

只不过，王尔德并非唯一的受害者。十九世纪末住在伦敦的那些艺术家想必都觉得自己一夜间失了宠。新宝贝儿是一本名叫《黄皮书》的杂志，装订得像书一样。另一个与其他文学期刊稍有不同的地方是它也刊登画作。不用说也能猜到，它的艺术总编（以及主要画家）是比亚兹莱。

●

关于《黄皮书》，最值得注意的是它名副其实。这确实是个好噱头。明黄色的封面让大家走过路过但绝不会错过。

一本书的好坏当然不能凭封面来判断，但有多少人能逃离出版社精心设计的陷阱？比亚兹莱的时尚封面向读者承诺的是颇有趣味，甚而有点冒天下之大不韪的内容（图10）。事实上，《黄皮书》的内文和封面关联不大。这本杂志兼容并蓄，新旧通吃，和一般文学杂志相差无几。

但这不重要。比亚兹莱每期创作的封面——以及散布在内文中的那些图画——发挥了奇效。暗示着禁果与罪恶，又带着点骄奢淫逸的寓意，它们完全吻合那年头的时代精神，一种混杂了疲惫与兴奋、粗俗与精致、放荡与傲慢的气息。正因如此，十九世

图10　左：比亚兹莱为《黄皮书》设计的封面，一八九四年
右：出版的封面

纪的最后十年才会被称为"黄色的九〇年代"。比亚兹莱的那些蜿蜒起伏、魅惑人心的线条为整个时代打下了烙印。

　　然而，四期杂志出版后，比亚兹莱突然被解雇。对此，王尔德得承担全部责任。

　　神气活现的作家在一八九五年因涉嫌同性性行为而被捕。这一回的丑闻可是玩真的，而不是王尔德最善于操作的那种"娱乐

新闻"，可以让他耍耍嘴皮子、说说风凉话。毕竟，就像王尔德的男友所言：那个年代男性间的柔情蜜意仍是"不能说出口的爱"。无法公开，因为英国法律认定同性性爱是非法的。

不幸的是，自从《莎乐美》的英文版面世后，比亚兹莱的名字在公众心目中便和王尔德的紧紧联在一起。更有甚者，王尔德被拘押时刚好在胳膊下夹了一本黄色封面的书。媒体都误以为这是最新期的《黄皮书》。不明真相的群众义愤填膺，怒气冲冲地在出版社门口示威，还砸破了橱窗。

无论是出于妒忌这本杂志得到的瞩目，还是懊恼自己没法插上一脚，同一出版社的几名作者像嗅到了血腥味的鲨鱼似的，立即围攻出版商，要求他炒掉《黄皮书》的艺术总编。从很多方面来说，比亚兹莱都算是这本杂志的代言人。惦记着自己的商业前景，出版商二话不说就让步了。比亚兹莱就此失业。

●

关于黄色的九〇年代，最值得注意的是，虽然名义上它蹒跚到一九〇〇年，但它的精神早就消逝了。

比亚兹莱被开除后一个半月，王尔德罪名成立，锒铛入狱。虽然比亚兹莱很快就会加盟另一本期刊——虽然怒气未消的他马上给《萨伏伊》的创刊号画了一个对着《黄皮书》撒尿的小天使（图11）——但大局已变，整体气氛开始阴沉下来。三年后——

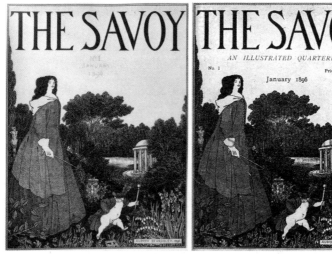

图11　左：比亚兹莱为《萨伏伊》创刊号设计的封面，一八九五年
右：出版的封面删掉了小天使的性器官，以及位居尿下的《黄皮书》

一八九八年——比亚兹莱病故。王尔德也没能熬过九〇年代。他的健康被苦役摧毁，只能苟且偷生再活两年。

至于把自己的名字献给整个时代的那份杂志，又勉强持续了几期。但何济于事？就像当时的旁观者所言，少了比亚兹莱，"《黄皮书》一夜间就变灰了"。

在黑暗吞没黄与灰之前，还出现了一道光芒。比亚兹莱生前完成的最后一套插图是为英国诗人道森画的。

虽然只比画家年长五岁，道森时常看起来比他老一倍——多亏他罹患的肺病，他酗酒的毛病，更别提他放荡不羁的生活方式，成天到晚泡在昏暗龌龊的酒吧里。只要兜里还剩下点钱，总会在黎明前转移到风尘女子手中。但天赋就是这样随机分配，谁也说不出个中道理。道森同时还是个遣词造句的天才。

奇怪的是，一向崇拜文学的比亚兹莱却不看好道森。或许他只是无法理解这号人物：明明有大好前程（诗人的肺病并没有画家的严重），却心甘情愿抛掷一切。为了什么？那种又烈又难喝的苦艾酒？还是一个刚步入花季的小女孩？

道森的好友叶芝在回忆录中如此解释诗人的困境：

> 道森爱上了一家意大利餐馆里的女孩，追了她两年。一开始，她年纪还太小；到后来，他的名声又太差。她嫁给了餐馆里的服务员，道森的人生便毁了。清醒时，他对别的女人视而不见；喝醉时，他会挑最便宜的妓女。有个朋友说："他甚至不想要干净的。"

或许真的就像大家所说：萝卜青菜，各有所爱。

不管怎样，比亚兹莱会同意为诗人的新剧作《片刻的丑角》绘制插图，让他的友人都很纳闷。他的病已进入朝不保夕的阶段，为什么还要把宝贵的时间分给一个他不怎么喜欢的人？

有无可能是因为道森通篇用诗文写就的剧作拨动了比亚兹莱的心弦？在剧作中，患着相思病的丑角主人公渴望与月亮姑娘在一起，哪怕他知道她的爱只会是昙花一现，而且必将摧毁他（再次验证了"蛇蝎美人"这一主题在十九世纪末备受欢迎）。远处飘来"非常轻柔的鲁特琴声"，丑角独白道：

> 太快！太快！在那迷人的旋律中，
> 尚未活过的那些日子，我差点活了一次：
> 它几乎说明了我最想知道的那些事——
> 我为何在此，为何扮演的是这角色？

很难想象比亚兹莱读到这些诗句时会无动于衷。他自己为何在这世上？为何才华横溢的他，需要演一场悲剧的主人公，"尚未活过"就得鞠躬下台？难怪他会为这出戏想出一张放在末页的"结尾图"。画中的男子举起一座沙漏（图12）。恰如剧中的丑角，时间的沙粒对比亚兹莱而言也一样快流光了。

剧中还有更多地方像是在对时日无多的画家悄然耳语。一辈子酷爱音乐的比亚兹莱，却因为咳嗽越来越厉害，无法走进音乐厅：

> 音乐，更多的音乐，遥远而模糊：
> 那是我心怨诉的回响。
> 为什么懂音乐的我会感到悲伤？
> 我想知道我以前为何那么快乐？
> 兴高采烈地追逐着蓝蝴蝶，

图12　比亚兹莱为《片刻的丑角》所作的结尾图，一八九六年

我自己也是半只蝴蝶，但没那么聪慧，

因为它们双双对对，我却形只影单。

天啊！孤零零的一个人有多可怜。

●

关于比亚兹莱的外貌，最值得注意的是他曾对叶芝坦言："没错，没错，我看起来像个鸡奸者。"

叶芝没记下他自己当场的反应，但他保留了比亚兹莱紧接着的澄清："不过，我并不是。"

画家粉丝中思想较为保守的那些人读到这段文字，肯定松了一口气。但他有无可能只是在开玩笑？叶芝记得比亚兹莱说这番话的时候"有点醉了"，虽然他也有提到，那天画家来和他聚会，带了一个圈外的年轻女子。

不消说，美女出场，叶芝自然会留意。要是少了那双顾盼生情的眼睛，他也不会写出那么多首经典情诗。此外，他应该也没记错。比亚兹莱的身边确实常有女伴。叶芝唯一没交代清楚的是画家与这些女人的关系，但这也不能怪他。比亚兹莱的感情生活始终是个谜——甚至对那些认识他或者研究他的人而言。

就以英国美术史学家克拉克为例。虽然他出生于比亚兹莱辞世之后，但他后来也结识了不少画家生前的朋友。在一篇颇具影响力的研究中，克拉克先引用叶芝的文字——诗人说的是比亚兹莱如何在失去《黄皮书》的工作后"投入放荡的生活"——然后带着讽刺的口吻评述道：

> 叶芝没有具体讲明比亚兹莱如何放荡。不太可能是耗费在酒精上，因为他的手继续驾驭精妙的线条。我甚至怀疑他会耗费在女人身上，因为他唯一爱的女人是他姐姐。

说实话，即便在比亚兹莱还在世时，甚至在他自己的地盘伦敦，报纸依然会弄错他的性别，偶尔称他为"比亚兹莱女士"。有一次，又出现这样的乌龙事件。画家忍不住对他的出版商发牢骚："你看，有多少人在怀疑我的性别。"这只能怪他的父母。他的名字"Aubrey"（奥伯利）严格说来是个男人的名字，但因为听起来非常女性化，所以也有父母为女儿取这名字。

不过，真正令人怀疑的还是比亚兹莱的性向——哪怕叶芝在回忆录中替他担保："他并不变态。"

就算他自己不变态，他对这样的行为应该也不算陌生。毕竟，他画了不少带有"异常气息"的作品。比方说，《月亮上的女人》。坊间传闻王尔德最大的消遣就是窥视他的男友和别的男人滚床单。比亚兹莱在这幅画中暗示的似乎就是这个癖好。大大的月亮，照遍每一角落，让画中衣衫不整的一对男子哪怕是在夜间也毫无隐私。

这倒不是说一个人的性向或怪癖值得长篇大论。就算王尔德厮混的对象换成了女人，他那些作品也不会变得更有深度。他绝对还是那德行：举止轻佻，极其自负。即便如此，大部分人还是非常在意一个人的性向。王尔德出狱后，便碰到了一个多管闲事的家伙——道森——想要帮他"改邪归正"。这则轶事，还是叶芝说得最好（广交朋友的他，自然也认识作家大人）：

　　王尔德到了迪耶普，道森力劝他有必要养成"一种更有益身心的嗜好"。他们掏空口袋，把钱扔在咖啡桌上，虽然总共也没多少，但两堆银子凑在一起还算够用。这时候，消息已经传出。他们出发时，身边兴致勃勃地簇拥了一群人。到了目的地后，道森和众人留在门外。没多久，王尔德就出来了。他低声对道森说："这十年来的头一次啊，也将是最后一次。和冷羊肉一样。"……继而又提高嗓门，让众人都听得见："这事儿要拿去英国讲讲，因为它会彻底恢复我的形象。"

●

关于比亚兹莱的画作，最值得注意的是，不管主题为何，也不管目的是取悦还是挑衅，在精巧的表层之下，都蕴藏着渴望：想要获得理解、赢得赞赏、找到知己的那种渴望。简言之：爱。

也许，一切可以称为艺术的作品都在乞求同样的东西。只不过，在比亚兹莱的画作中——抑或道森的诗歌里——除了对爱的渴求，还多了一种难以名状的微妙感，既敏锐又脆弱，而且不止一点儿亲密，仿佛这些作品并不是用线条构出或者文字排出，而是在夜深人静时，咳嗽的间歇，如耳语般的吐露而出。

难以名状的微妙：因为每一件作品完成时都是一次小小的胜利，几乎是从鬼门关里偷出来的。

因为比亚兹莱和道森都无法度过目睹自己功成名就的那个时代——黄色的九〇年代——画家先走一步，死于肺结核；诗人也只能多活两年，最后倒在酒精和肺病之下。

因为到了最后，两人都咳出越来越多的鲜血，仿佛是在为自己的天赋付出代价。

图书在版编目（CIP）数据

写给永恒的恋人 / 曹又方著. —上海：上海三联书店，2019.1

ISBN 978-7-5426-6396-2

Ⅰ.①写… Ⅱ.①曹… Ⅲ.①随笔－作品集－中国－当代 Ⅳ.①I267.1

中国版本图书馆CIP数据核字（2018）第151594号

写给永恒的恋人

著　　者 / 曹又方

责任编辑 / 吴　慧

特约编辑 / 吕　晨

装帧设计 / 朱云雁

监　　制 / 姚　军

责任校对 / 张　洁

出版发行 / 上海三联书店

　　　　　（200030）中国上海市徐汇区漕溪北路331号A座6楼

邮购电话 / 021-22895540

印　　刷 / 上海盛通时代印刷有限公司

版　　次 / 2019年1月第1版

印　　次 / 2019年1月第1次印刷

开　　本 / 889×1194　1/32

字　　数 / 160 千字

印　　张 / 8.25

书　　号 / ISBN 978-7-5426-6396-2 / I·1423

定　　价 / 56.00元

敬启读者，如发现本书有印装质量问题，请与印刷厂联系 021-37910000